恋に似た気分

北川悦吏子

角川文庫 15024

恋に似た気分

目次

恋をする

憧れる

仕事をする　～ビューティフルライフ!!～

恋をする

アマチュアな恋愛が教えてくれたこと

デートをして家の近くまで送ってもらって、私は車を降りることができないでいた。もっとその人と一緒にいたいと思った。相手もそう思っていると、昨日までは自信満々だったのに、今横にいるその人が、私と同じように、同じ分だけ、そんな風に思っているという自信は、一瞬のうちに消滅してしまった。

その人は、車の中で、私が気づかない数々の車の外の出来事に気づいたから。

ほら、今おまわりさんが通ったよ、とか。ミニスカートの女の子のふたり連れがこっちを見たよ、とか。どんな言葉も、ほら、もう僕の車を降りて家へお帰り、と言ってるように聞こえて来た。

それでも降りることができないでいる。もう少し一緒にいようよ、いたいんだよ。だってほら、あなたと会うのはもう一週間ぶりだよ。

そうだっけ？　と彼は言った。ああ、ダメだ……と私は思った。

きっと、うまく恋愛のできる女っていうのは、しつこくしない女だと思う。自分の気持ちを上手に逃がしたり、時には水増し（？）したりして、相手の様子をうかがいながら、うまく相手との距離を取りながら、バランスを見られる人だと思う。そして、私は失格。大失格。

いつも好きな人の気持ちが読めなくて、こわくて、あげくの果てに自分から遠ざかったり、傷つく前に相手を傷つけたりした。自分を守りたかった。恋を楽しめばいいんだよ、とよく人に忠告されたけど、私は楽しむことなんてできなかった。

いつも苦しかった。今、もうあんなアマチュアな恋愛をしないか、と言うとやっぱり自信はない。こんな自分にできることは、「私を嫌いにならないで」と言う前に「あなたが好きでどうしようもない」と素直に言うことくらいかな、と思う。

ただのおともだちから始まる恋

この間、青山のオゥ・セ・ボヌールというこ洒落《じゃれ》た中華料理屋さんで、編集者を待っていたら、隣のテーブルにカップルが座っていた。

まあ、この店はカップルが多いんだけど。たまに、芸能人カップルもいるらしいけど。

さて、その隣のカップルの男の子はまあまあいい線だった。

私だったらOKだ。向こうは私をOKじゃないかもしれないけど。

彼女と彼は、これから、というふたりだ。まだ、つきあってはいない。彼女が、「今日、ホントはね、会社のナントカさんたちに、カラオケ誘われてたんだ」と言った。

世間話ふうに言ったので、そんなに感じが悪くはなかった。

すると彼は「ちょっと優先してみた?」とさらりと言った。

僕のことをちょっと優先してみた? という意味であるが、私はこの受け答えも、わりと好きだった。ドラマで書きたい。

声もいいし、盗み見た限りではルックスも悪くない。私だったらOKだ。あ……それはさっき言ったか。話が前に進まない。

で、彼女と彼はバクバクとオゥ・セ・ボヌールのコースを食べながら、笑ったりしながら話もはずんでいたんだが、私はふと、これは、つまらんな、と思った。

彼女たちは、多分、デート2回目くらいだと思うのだが、男の人が誘ったようだ。ふたりは同僚でもないし、同級生でもないし、バンド仲間でもない。

何が言いたいか、というと男と女として、2回目のデートをこなしている最中である。まだ、何もないにしても。

これから、何かあるのは明白だ。いや、知りませんが。女の子はごちそうしてもらっただけっ、とかしれっと言うのかもしれないけど、普通、殿方から電話がかかってきて、お食事して、夜も更けたら、恋人たちの時間でしょ。会話の感じからいっても、男の子が、彼女に気があるのは明白だ。

つまらない。なんてつまらない。そんなの上がりが決まっているすごろくみたいだ。下にマット敷いてもらってダイビングするみたいだ。ぜんぜんリスキーじゃない。

恋愛の楽しさは、プライドをかけたスリリングさにあると思う。相手の心が読めないもどかしさと、読めない部分をどう想像するかという、空想部分にあると思う。

どんなに素敵な人でも、僕はあなたに気があります！ と全面肯定から始まったら何も楽しくないと思う。

私は一目惚《ひとめぼ》れがロマンチックだとはまるで思わない。雨の降る日に軒下で雨宿りした男女。

雨に濡《ぬ》れた女の白いブラウスを見て、男が一目惚れする、というようなドラマを見ていると、私は脱力する。

そんな、最初から出来レースじゃん。

最初はなんっとも思わなかったふたりが、ぜんぜんタイプじゃない者同士が、なんだか知らないけど、接点を持って、一緒にいるうちに、心が近づいたり離れたり、5センチくっついて6センチ離れてみたいのを繰り返しながら、いつしか、ギリギリ恋に落ちる瞬間があったと思ったら、やっぱりそれは恋じゃないかな、と思ったり、それでとうとう寝てしまった時、あーあ、なんか寝ちゃったんだけど、これでいいのかな、なんて部分も10分の1くらいあって、というのが、実は一番、ロマンチックなんだと思う。

ということを、私は「ロングバケーション」というドラマを書いた時、初めて気づきました。

瀬名と南は、ぜんぜんタイプじゃない者同士だったけど、だから、姉、弟のように、ともだちという名を借りて、単なる同居人として、いっしょにいるんだけど、やっぱり男と女は男と女なんで、ちょっと瞳《ひとみ》が危うげに泳ぐ瞬間なんか、あったりして、しかし次の日の朝になると、やっぱ、違うか……と思ったりして、そういうのも、そういうのなりのロマンチックがあるな、と思い知ったわけです。

だから、私がこれから恋愛ドラマを書く場合、会っていきなり恋に落ちるような出会いは当分書かないと思う。ロングバケーションのように、ある朝、目覚めると花嫁が息切らして立ってた……というのも相当こわい出会いだけど、この手の出会いをしばらくは書き続けると思う。

出会いが遠ければ遠いほどよい。第一印象（いい者）同士なんて、神様の手を借り過ぎだよ。

私が今、やってみたいな、と思っている出会いは、病院のトイレで検尿をして、その検尿カップを持ってトイレから廊下に出てきたところで、カッコいい男の人にぶつかって、尿が彼の胸にかかる、というのはどうでしょう。

そんな最悪の出会いをして、恋にまで持っていけたなら、それはそれですごいぞ。

というわけで、劇的な絵のように美しい出会いを期待するのはもうつまらないし、合コンやって気に入られて電話がかかってきて、というのもスタンダードすぎるし、最近は仲間とか幼なじみ、とか「ううん、彼とはただのともだちよ」と言ってるような人と恋に落ちる、というのが素敵かな、と思う次第です。

「告白する瞬間」について

私が作ったマックスファクターのCM「今日、楽しかった編」（一応、私はそう呼んでいるんです）では、松嶋菜々子さんが、別れ際に、彼に「すっごく楽しかった。（食べたものも）すっごく、おいしかった。それと、すっごく好きになった、あなたのこと」などと言っている。

女の人から告白してますね、とそのコマーシャルを見た人に言われて、エッと思った。そんな気なしに書いていた。ついつい、普通に書いていた。

私は、いつも、自分から打って出る女だった。告白する女。（なんか、ちょっと、こわいね）

告白されることもあるが、気のない人の告白を聞き流す技に関しては自信がある。告白された、とすら認識しない。だから、したほうも傷つかなくてすむ。

たまに、意中の人から告白されることもあったが、その告白は、たいていダサイ。こんなことが、ふたりの始まりになってしまうのか……日記にはとうてい書けない、という始まりばかりだ。あ、だから、自分から告白するのかもしれない。恋のイニシアチブは自分で取って、恋の周辺の決めエピソードは、素敵に彩りたいのかもしれない。

なんか、とても、高飛車だ。ごめんなさい。

さて、そのように告白遍歴を重ねて(???)、私は、大人になった。

いろいろ、傷も負ったので、ぜひ、皆さんに伝授したいことがある。

私の経験でいくと、離れた場所からの告白は、うまくいかないことが多い。

離れた場所ってどういうことか、というと、たとえば、電話、手紙、メール、である。

もう、どう考えたって、お互いラブラブ同士、あとはきっかけを待つだけ、という状態なら、どうやったってうまくいくと思うけど、そうじゃなくて、相手の1の気持ちを10に持っていきたい、とか、フイ打ちをかけて、なんだか知らないけど、なだれ込ませるぞ、というような気合いを伴う告白の場合、離れた場所から自分の思いのたけを告白するのは、危険が大きすぎる。自分の切実さや、テンションが、相手に手に取るように伝わらない分、相手が引く確率が高くなるんだと、思う。

会って、至近距離。これが、基本だ。お酒の力を借りたっていいと思う。借りられるものは、なんでも借りたらいいと思う。（夜の力、とか、車の力、とか）で、最後は、自分の言葉で自分の思いを伝えることだと思います。大したアドバイスじゃなくて、すみません。でも、会って伝える、これが基本、と思って。

だから、まずは、会うまでは、こぎつけるわけですね。健闘を祈ります！　あっ……くれぐれも会っていきなり言わないように。空気を読んでください。

別れた男はみな太る

別れた人に偶然会ったことって、あんまりない。

あ、一度だけあるな。結婚前に結婚式の打ち合わせを新郎（今のダンナさん）と喫茶店でしていたら、いきなり「北川！」と声をかけられた。大学時代につきあっていた人だった。びっくりした。

「エリコ！」って声かけられなくてよかったね、と大学時代の女ともだちに言われた。ホントだ。

彼は、すごくカッコよかったのに、ちょっと太って、頭も薄くなっていた。えーっと思った。残念だった。少しね。

会ったわけではないけど、たまに、別れた男の子と電話で話すことはあった。（また別の男の子の話です）

1年ぶりとか、2年ぶりとか、そんなだったと思う。

大学生だった彼は社会人になっている。

「俺さあ、太っちゃって、もう相撲とりみたいなの」

と彼は、電話で言った。

その彼も、すごくカッコいい人だったのに。（私は、学生時代、とてもとても面食いだったのだ）

「歩くのさえ、大変なんだ。肉と肉の間に汗とかたまっちゃってさ。夏は大変」

彼は言った。

なんか、今これを読んでる人も、どう読めばいいのかわからないと思うけど、私も聞いた時、どう聞けばいいかわからなかった。

わからなかったんだけど、やっぱり、声の感じとか、しゃべり方のカッコよさは、そのままだったので、なんだか、妙に、面白かった、この電話。まあ、だから、何年もたった今も、覚えてるんだと思うけど。

彼が太る？　なんて考えられないことだった。彼は青学の音楽サークルで、ロックバンドのボーカルやってて、すごくスリムだった。

広告代理店に入って、忙しくなって、夜遅くに食べたり飲んだりするから、太った、と言っていた。

なんか、ちょっと、嘘なのかなあ、と思った。もう電話してくるなってことを、遠回しに言ってんじゃないか、とも思った。

ちょっとしゃれた人だったので。

ということで、私と別れた人は、その後太ってしまっている。そんなきれいな再会なんて、あんまりない。

でも、それもちょっと、いいと思う。笑えて。で、やっぱり、あの人と結婚しなくて正解だったかな、とイジワルな10分の1くらいの私が思う。

大人になった今は、やっと最近だけど、その人とずーっといい関係でいたいから、つきあわない、って選択もわかるようになってきた。

昔はちょっといいと思う人とずっと友達、なんて不可能だった。すぐ白黒はっきりさせたがってた。

年とともに、恋愛感情とのつきあい方ってのも、変わってくるのだった。

待つ時間を食べて女の人になっていく

初めて男の子とデートというものをするようになった頃、私は池袋《いけぶくろ》のテレビのモニターが四角四面にいくつも並んだ前で、30分も一時間も待っていた。

そこが私たちのいつもの待ち合わせ場所で、そこで私はいつも待たされたのだ。家に電話をすると、彼がまだ寝ていたということもあった。

それでも、彼のゴメンという顔を見たとたん、私は一生懸命怒ったふりをしながらも、にやけてしまうのだった。

それくらい彼はカッコよかったし、私は彼が好きだった。

大学の期末の試験シーズンにさしかかった時、違う大学に通っていた私たちは一週間も二週間も会えなかった。毎晩の電話だけがふたりをつなぐものだった。

その電話が鳴らない日が三日も四日も続いた。もう駄目だ、と私は絶望的な気分になり、失恋の歌を大音量でかけて、泣いていた。

恋愛というものをぜんぜんというほど知らなかったが、こうして、電話が鳴らなくなるのは、別れの兆しで、このまま消えるようにして終わっていくんだろうな……と思うと、あまりにもはかなくてあっけなくて泣いた。

五日目に、彼から電話がかかった時、私はホッと肩の力が抜けてやっと生きた心地がした。嬉《うれ》しくて嬉しくて、ひとりで布団を抱きしめてベッドの上で転げ回った。

失恋の歌はもう聞かなかった。僕たちは永遠だね、という歌を聞いた。

そのうち長い長い夏休みというものが来て、私は田舎に帰らなければならなかった。

私たちは離ればなれになった。私たちは、九月を待った。

七月と八月は粗大ゴミに出して処分したいくらいだった。九月は、光り輝く素敵な月だった。その後には、紅葉の中を歩いたり、クリスマスツリーの下のベンチで寄り添える、考えるだけでドキドキする季節がやって来る。

だけど、私たちは、冬を待たずに別れてしまった。

それからいくつもの恋をした。

私はトータル何時間誰かを待っただろう。誰かと会うその日を、洋服を選びながら指折り数えて待ちわびただろう。たまには、帰って来ないその人を待って、朝を迎えることもあったろうけど。獏《ばく》が夢を食べて大きくなるように、女の子は待つ時間を食べて女の人になっていくのだ。

そして、待つうちに思いがつのることを知った。

これから楽しいことがあるかもしれない、というドキドキする感じ。会った先のことを、電話がつながった先のことを、知らず知らずのうちに想像してるんだと思う。その想像と現実の落差が激しいほどせつなさはまたつのる。

今楽しいわけでもない。あの時、楽しかったわけでもない。

楽しみに待つっていうのは、心の中に宝物を持っているような……冷蔵庫の中に楽しみに残しておいたケーキが一つあったことを思い出すような……そんな感じだ。

さよならは悲しくなんかない

小さい頃、作文というのはあまり得意じゃなかった。
褒められたためしがない。
夏休み、おばあちゃんのところへ行きました。
私はおばあちゃんのところへ行くのが好きです。
一、ミー（飼い猫の三毛猫）に会えるから
二、お菓子がいっぱい食べられるから（母の実家は、わりあい大きな食料品店で、いろんなものを売っていた）
三、おばあちゃんに会えるから
だから好きです。

これは、小学校2年の時の作文である。

あの頃の頭の中というのは、いたってシンプルだったと感心する（そして、作文が褒められなかったのも当然だろうと納得する）。やがて私は大人になって、おばあちゃんは病気で寝たきりになってしまった。

私の母はおばあちゃんの看病をしに、実家に泊まりに行った。おばあちゃんは、母の兄である長男夫婦や、その子供（要するに孫たち）、またその子供（ひ孫たち）、大所帯で暮らしている。

寝たきりになったおばあちゃんは、それでもニコニコと笑っている。もう、ほとんどあまりしゃべれなかった。

おばあちゃんの布団の横には、病院のナースコールのようなブザーが作られていた。何かあったら、それを押して家人を呼ぶように……と。

母はおばあちゃんの隣に布団を敷いて、その夜眠った。

夜中に、ブザーが鳴った。

とも子さん（母の名）が来ているのにおかしいな……と、家の人は思った。おじさんが駆けつけると、私の母はグースカ寝ていて、おばあちゃんがしきりに何か訴えている。

何かと思うと、「とも子の布団がはだけているから、直してやってくれ」ということだった。

しばらくして、おばあちゃんは亡くなった。

会うのが楽しみなおばあちゃんは亡くなり、そのしばらく前に、ミーはどこかへ行ったきり戻らない。そして、私は、袋いっぱいのお菓子を喜ぶ歳ではなくなり、20年の月日を経て、三つの楽しみはみんな消えてしまった。

部分麻酔で手術をしたことがある。ひざにできた、ちょっとしたできものを取るためだ。入院もせず、すぐ帰れるような軽い手術ではあったが、何はともあれ怖かった。目隠しをされる。患部にメスの感触がわかる……ような気がする。

その時、看護婦さんが、私の恐怖を感じ取ったのか、私の手をそっと握った。私はその手を思いきり握り返した。

とてもとてもとても、ホッとした。

そして、力づけられた。

終わってみると、実はそんなに痛い手術でもなかった。

目隠しのタオルを外されると、私はわりと平気な顔をした。その看護婦さんもとっくに何事もなかったように手を放していた。

受付に行って診察券をもらう。

看護婦さんがたくさんいたけど、手を握ってくれた看護婦さんがどの人なのか、さっぱりわからなかった。

でも、私は、確かにその人に救われたのである。そして、今でもありがたいと思っている。

ドラマの収録日だというので、渋谷《しぶや》ビデオスタジオに差し入れを持って行った。

『その時、ハートは盗まれた』というドラマ。

玄関は黒山の人だかり。若い女の子ばかり。

〝SMAPの木村くん待ちだな、フフフ……〟とほくそえむ。これから私は、木村くんに会いに行くのである。良かった。シナリオライターになって。(実は、SMAPと言われても、この間まで誰が誰だか全然見分けがつかなかったのですが、木村くんは雰囲気あるし、渋いし、役者さんとしてもなかなかグッドだと思います)

「北川さん、待ってたんです」

と言って出てきた木村くんに、私は硬直した。

とても、とても、きれいだった。カッコイイではなくて、綺麗《きれい》。

その日、木村くんは、真っ赤なルージュで、髪はつややかなワンレン、そして黒いシルクのドレスを着ていた。というのも、高校生役の彼が文化祭の出し物で白雪姫のお妃様《きさき》をやるというシーンを撮っていたから。

私が硬直した理由は、あまりの木村くんの美しさ、ということもあるけれど、完全なるデジャブのせい。

その昔、私は同じ高校の生徒会長に恋をした。よく、ドラマの打ち合わせで〝主人公はどうしてこいつを好きになったんだ？〟なんて言う人がいるけれど、あれは、どうして好きになったか、じゃなくて、いつ好きになったか、だと思う。

人は、ある瞬間に、恋に落ちる。若いうちは特にね。で、私はその生徒会長のお妃様を見た時に恋に落ちたのである。

彼は、文化祭で白雪姫のお妃様をやった。（要するに、自分の実体験を、怖いくらいそのまま本に書いている。見るひとが見たら、すぐにわかるゾ……）

舞台の袖《そで》から下りて来る黒いドレス姿の生徒会長を見て、そのあまりの綺麗さに私は恋に落ちた。（妙と言えば妙。危ないと言えば危ない）

木村くんのお妃は私に、〝あの時〟をそっくりそのまま疑似体験させた。（本人はそんな

こと、まるっきり知ったこっちゃないだろうけど）

シュルシュルシュルッと10年ちょっとの歳月が巻き戻って、私の頭に鮮やかに、生徒会長のお妃姿を見た、あの日のあの瞬間が甦《よみがえ》った。

生徒会長の前でしどろもどろになった私は、木村くんの前でも何となく同じようにしどろもどろになってしまった。

「どうも、お疲れさま。お芝居、いい感じだよ」なんていう、シナリオライター然とした余裕はまるでなくなっていた。

お妃様をやった男の子とは、大学の時に再会して、何だか変わっちゃったな、違うな……と、がっかりして、それっきり会っていない。

私の中で、お妃様をやっていた（SMAPの木村くんのようにカッコイイ）彼は、死んでしまって、そしてそれと同時に、セーラー服を着て彼にドキドキしていた私も死んでしまって、どこかでいいお父さんになっているだろう彼と、渋谷ビデオスタジオに差し入れを持って行く私とが残ったわけである。

収録が終わって、スタッフより一足先にスタジオを出た私は、寒い中、木村くんをまだ待っていたファンの女の子たちに、ぜひ木村くんのお妃様姿を見せてあげたいと思った。

死んでしまったおばあちゃんにも、いつか手を握ってくれた看護婦さんにも（だいたい、もう一度会ったってわからない）、お妃様を演じた憧《あこが》れの生徒会長にも、この先、一生会うことはない。こうして、生きていく限り、さよならはくり返されていく。「また、きっと会えるよ」と言いながら、時の中に置き去りにされていく関係が、ホントはほとんどなのだろうと思う。

だけど、それはそれでいいんだという気がしてくる。

さよならは、悲しくない——と思うから……。

※本文中に出てくるドラマは、木村拓哉さんと初顔合わせとなったＣＸ系・僕たちのドラマシリーズ「その時、ハートは盗まれた」（'92年）です。木村さんは、高校生役を演じています。共演は一色紗英さん、内田有紀さんほか。

短い恋、うたかたの夢

あなたのかたくなな、心の扉が、私に向いてほんの少しでも開いたのがうれしくて、私はそこに飛び込んで行った。

あなたはやさしくて、強くて、でもよわくて残酷だった。

私がもうとうに過ぎてしまった季節を生きる、あなたの歳のせいかと思ったけれど、今となってはそれもわからない。

一緒にいても遠くを見ているようで、でも私を見つめる時の瞳《ひとみ》は、深く深く愛してくれてるようで、私の心は深い海を沈んだり浮いたりする小舟のようだった。

でも、もちろん、そんなこと悟られないようにクールにしていた。年上だし、これは浮気の恋だから。

ほんの一言、言葉を間違っただけで、終わってしまうような、ほんの一瞬、風向きが変わっただけで、消えてしまうシャボン玉のような、そんな恋だった。

かわいいことも言えず、恋人同士のように困らせることもできず、ささいないさかいがこわかった。たとえば、完全にステディな関係だったらその後の仲直りで、どうにでも修復できるんだろうけど、私たちの不完全な関係はあやうすぎて、何か一つのことで、ダメになりそうだった。

でも、だから、あなたといる「時」は絶対だった。あなたといる時の「しあわせ」は絶対だった。

少なくとも私にとっては。

ふと悪魔が忍び込んで、魔が差して、「これから」の話をし始めたのは私だった。「未来」の話をし始めたのは私だった。

軽く始まった話。

ああ、やばいと思ったけど、止めることができなかった。

ホントは、ずっとこのままでいることが、息苦しかったんだと思う。

こんなことを話し始めたら、今を無くしてしまうことがわかっていたのに、私は、話さないわけにはいかなかった。これからのことを。

好きになりすぎて苦しかったから、自分から切り捨ててしまったのかもしれない。私は弱く、勝手だった。
最後のあなたは、やさしく大人だった。年上みたいだった。
暗闇に、蛍のように舞っていたあなたの煙草の灯を、たまに思い出す。
私は寝そべったまま、それを見ていた。
つかまえようとして、つかまえられなかった、夏の夜の蛍。

合法的ドライブ

——少し前の話——

彼と私は、ドライブをした。

誰が何と言ってもそれはドライブだった。

彼と私は、会社の取引先の作家の家まで原稿を取りに行った。

どうしてふたりで行くことになったのか、原稿を取りに行くだけだったらひとりでも用が足りそうなものだが、ふたりで行ったのだった。

もしかして、よこしまな気持ちが（ふたりでドライブしたいという）、あったのかもしれない。私には。彼にあったのかどうなのか、今はもう知る術《すべ》もない。

作家の家は、遠く遠くどこまでも遠かった。

都心から車でゆうに1時間半。千葉。

私たちは、住所を頼りに地図を開きながら、走った。

運転手は彼。ナビゲーターは私。

が、私は下を向いていると酔うのだった。

だから地図を見ているうちに気持ち悪くなって来た。さらに私は方向音痴でもあった。

方向音痴は道に迷うばかりか、地図も読めない。まるで、役に立たない。

だけど、好きな彼とのドライブはうれしくてウキウキしていたので、必死で地図を見た。

普段、ハナからあきらめてしまう私にはめずらしいことだった。愛の力かも。

見ても見ても彼の役には立たなかった。

私のしていることといえば、「ここ、曲がるのかな」と彼が言って、曲がって道が合っていると「すごい」と言い、間違っていて「間違っちゃったよ」と言われれば「間違っちゃったね」と返すだけだった。

彼は、すぐに私が役に立たないことを見抜いたが、優しい人だったので切り捨てることなく、私に地図を持たせたままだった。

彼が、独自に道を選んで進んでいるのは火を見るより明らかだ。私のナビゲーションはBGM（ノイズ？）と化していた。

やがて、私はだまり、彼はもくもくと走った。おおむね快調。

「もう私は何も言わなくていいの？　ただ、すごいと言ってればいいの？」

と言ったら、彼はすごく面白そうに笑った。

ダウンタウンのギャグで爆笑する時よりずっと愉快そうな笑顔だったので、私は彼が笑ってくれるなら、いくらだって面白いことを言いたい、漫才師にだってなるのに、と思った。

時に、違う道に迷い込んだ。それでも両側に紅葉した木の生い茂るひっそりした道だったりして、それはそれで素敵で、私はいつまでも迷っていたかった。作家先生さえ待っていなければ。

20メートルだけのドライブロード。

私たちはUターンにUターンを重ねた。

今思えば、彼も道に疎かったのかもしれない。

作家先生の家の近くのコンビニで私はトイレを借りた。多分、もう一生、二度と来ることのない千葉の片田舎のある町のコンビニ、と私は思った。

車にもどると、彼は、コンビニの中で買物をしたらしく、白いビニール袋から、グローブ形のクリームパンを出した。

「お腹空《す》いたから。食べる？」と言われた。

いらない。

だけど、彼がクリームパンを食べているのを見たら、非常に美味《おい》しそうに見えたので、最後の一口をもらった。

最後の一口。

「やっぱりお腹空いてるんじゃない。仕事が終わったら、帰りに美味しいもの食べよう」

と彼は言った。

私は、にっこりと笑った。

その時の笑顔がもっと、素敵だったなら彼と、その後つきあえていたかもしれないのに。

一切れのクリームパンは、昔のしあわせな味がした。

◆　◆　◆　◆

――それよりずっと昔の話――

私たちは、いつも3人だった。

彼と彼のともだち、そして私。

ボロ車《ぐるま》で、ドライブしたり移動したりした。

学生時代。

彼が運転して、私が助手席に座り、彼のともだちは、後部座席に座った。

彼のともだちはロードマップで道を確かめていた。

私が振り向いて、今どこ走ってるの？　と聞いた時、彼は「ん？」とこちらを見て「あ……エリちゃん、きれい」と言った。私はエッ……？　と思った。

私の顔がきれい、ということではなかった。

ちょうど夕暮れ前の強い光が、車に差し込んで、逆光になっていて、私の髪に黄金色のふちどりを作っていた。

髪が光に透けて綺麗《きれい》。

◆　◆　◆　◆

少し前の話の、クリームパンの男の子には、綺麗にふられた。とても綺麗にスパッと。

「君のことはかわいいと思うし、いっしょにいて楽しいけれど、僕には彼女がいるし、それに、君のことを女として好きか、というとそれは違うと思う」

と言われた。

彼は、とても上手にあなたを傷つけないように、ふったのね、とその頃の仲間は言った。

だけど、私はそうは思わなかった。彼は本心を言ったんだと思った。私のことをかわいいと言ったのも、お世辞ではなく本当だと思った。その人は嘘なんかつかない。

ずっと昔の話の後部座席に乗っていた彼のともだちは、私と彼の間に、別れ話が持ち上がった時に、親身になって、私を支えてくれた。

その時、抱こうと思えば、私を抱けたと思う。ほら、節操のない20歳の頃の話だし。

でも、それはなかった。

私は、最近、思うんだけど、自分の過去を洗いなおしてても、思うんだけど、別に女として愛されなくても、恋愛対象にならなくても、人間として人として、尊重されれば生きていけると思う。

大事にしてくれている、相手の誠意さえ受け取ることができれば、十分に生きていけると思う。

逆にそれがなければ、いくら女として愛されても悲しい、と思う。

一月前、一目惚《ひとめぼ》れされて気が狂ったように毎日会いに来ていた彼が、ある日、ゴメン、もう冷めた、と言って消えていなくなったら、それは、恋愛対象ではあったろうが、尊重されていたとは思えない。

だから、例えば、不倫の恋なんて信じませんね。好きな人を苦しめていて、苦しめていることがわかっていて、それを続けるなんてのは、本当に好き、ということとは遠いと思うから。

雑誌などでいろんな恋愛相談を受けて、いろんな恋愛特集でコメントしながら、どうも、思ったことが言えてない気がしたので、この場を借りて、今、一番自分が思っていることを書きました。

女から口説く、ということ

先日、「失楽園」というテレビドラマを見ていたらオヤジたちのアイドル、川島なお美扮《ふん》する凜子《りんこ》が、古谷一行扮する久木に電話をして「京都に薪能を見に行きませんか?」と誘っていた。

これは、口説いているんでしょうか。口説いているんでしょうねえ。どう考えても。

私は思った。

自信のある女は違う! なんという正攻法な。なんというストレートな。

こんなになんの工夫もない誘い方ってあるだろうか。ただ電話をして誘う。「今ひまですか?」とか「最近、何してます?」というような世間話もなく。

世間話のふりをして相手の様子を探る、という前ふりもなく。

自信のある女の為《な》せる業である。

きっと、これで今まで10人中9人は落ちて来たのだろう。10人中9人に断られて来たのに、こんなことができる鋼鉄の神経を持った女はなかなかいない。

そして、その日の薪能の晩に（そう、久木はやっぱり誘いに乗った）しっかりエッチまでこぎつけていた。素晴らしい。

凜子はいつも着物を着ている。これも、きっと重要なアイテムなのかもしれない。いい女は違う。

さて、いい女じゃない場合どうしたらいいか。要するに私はどうしたらいいのか（何でこんなこと書かなきゃいけないの。悲しい）。着物も着ないし。

あなたといると楽しいの、という顔をしてみる、とか、本当は結構つまんない冗談を相手は言っているのに、好意を示すために受けたふりをして笑ってみる、とか、なんとなく暇で電話しちゃったとか、半年くらい、遠回しに好意を示す、というのをやり続けるのだろうか……。むなしい。

そしてあげくの果てにふられたり、いやあ、気がつかなかったなあ……と一笑されて終わるんだろうな。普通の女は時間がかかるということだろうか。

柴門ふみさんがおっしゃるには、ラブライト イン ユアーアイズ、相手の目を見れば、相手が自分を好きかどうかはわかるということだが、私にはわからない。さっぱりわからない。

わからないので、とにかくあたってみるしかない。あたってみるとなると砕ける確率はおのずと高くなる。しかし、わからないのだから仕方がない。

こんな私が、自分のなけなしのプライドのためにも、相手の迷惑のためにも、気をつけていることが一つだけある。

それは、しつこくしないこと。

口説くのはいいが、しつこくしない。

私は何が嫌いと言って、しつこくされるほど嫌なことはないので、3回続けて、かかって来た電話を無視したらわかって欲しい、と思う方なので、人にやられて嫌なことは自分もしない、という小学校の時の教えにのっとって、絶対に相手の男の人にもしつこくしない。

一点豪華主義じゃないけど、口説く時は、ワンチャンス集中型ですね。ここぞ、というポイントでガガガッと行って、ダメな時は、すぐ引く。

二度と、口説かない。引きずらない。恨まない。このヤローと思わない。見返してやる、とか闘志を剝《む》き出しにしない。そういえば、いつかともだちと話したことがあったなあ……

……ふられたはらいせに見返してやる、とか言ってエステに通う〝見返してやる美人〟って何か、こわくて嫌だよね……って。

要するに、恋心のけりは自分でつける、というのが男の人を口説く時の、ポイントではないでしょうか。

読み返してみると、女から口説く方法ではなく、口説いて砕け散った時の対処法のエッセイになってしまったのは私の苦い経験のせいでしょうか……。

口説く方法は、今のところ着物を着る、くらいしか思い浮かばない。

血液型と恋愛

血液型と恋愛に、何らかの関係ってあるんだろうか。アンアン編集部からお題目（「血液型と恋」という）をもらったので、しばし考えた。

私はB型である。よくも悪くもB型。鼻つまみ者のB型。社会に適応できない、団体生活に溶け込めないB型。

この間、新春かくし芸大会の審査員をやった時も、並んだ審査員5人が画面に映ると、私ひとりだけが、あさっての方向を見ていたり、みんなと違う表情をしていたり（みんなが、感動してるところで眠そうにしていたり）、どうも勝手気ままに映ったようだった。たまたま見てしまったという、ともだち数人から指摘された。

うーん、B型。（余談ですが、この時は、アンアンでいつもお世話になっている宮森さんにメイクしてもらって、平澤さんにスタイリストを頼んだ。アンアンの副編集長も遊びに来てくれた。そしたら、まるで芸能人をまるごと見にきたピクニックの一群みたいになってしまって、私たちは楽しかった。お弁当も出たし）

さて、しかし、でも、B型の人というのは、どっか自分が浮きまくる、変人であるB型であることを自慢に思ってるようなところがあって、それが正真正銘B型の証拠だと思われる。普通は、恥じ入るもんだよ。

いつか、つきあってる人に言われたことがあった。

「B型の白血球って、きっと踊ってるんだね」

しみじみと……つぶやくように、力なく、消え入るように言われた。

私は、好きな人のそばにいてうれしくてはしゃいでいただけなのに。

考えてみれば、私の恋愛の歴史はA型の男の人とつきあって「悪いけど、君にはついていけない」と言われ続けることだったような気がする。

「君には、ついていけない」

私の記憶の中に、繰り返し繰り返し刻まれた悪魔のフレーズ。

できれば、一度でいいから「あなたには、もうついていけないわ、よよよよっ（泣き崩れる音）」と藤あや子みたいに言ってみたかった。（言ってみたかった、ということはこの先の人生にも、そういうことはないと、思っているわけだ）

この私の、恋愛において現れる「ついていけない」的性格が、血液型のせいかどうかは、定かではないが、どうも持って生まれたDNAのせいだ、という気はするのである。（あれ？　血液型ってDNAで決まるんですよね）

さて、そんな私にできることは、相手を替えることだった。

B型とつきあう。B型はB型とつきあう。楽しかった。うまく行ってるうちは。でも、だんだん苦しくなってくる。お互いテンション高いので、譲らない。譲らなくて空中分解した。木っ端みじん。

最後の救世主は、O型だった。私、比較的O型の人とうまく行きます。

今のダーもそうだし、親友もO型です。おおざっぱなところと、B型の性癖を楽しむ余裕があるところが、合うんでしょうか。

AB型の人も、ミステリアスでけっこう好きです。男の人は、ほとんど知りませんが。兄くらいかな。

兄は、どうもいつもB型の女の人とつきあって、車のワイパーへし折られたり、生キズが絶えなかったりして、「ついていけない」的なことをやられてボロボロになっていましたが、今は、O型のワイフをもらいました。安泰。

ということで、血液型の相性ってある気がするんですが、ところで、私は本当にB型なんでしょうか。はっきり調べたことはないんです。

この間まで、鬼谷《きこく》算命占星学は「灯」だと思ってて当たってるなあ……と思ってたのに、実は「宝」でした。

それを知ったとたん、そうよ、そうよ、そういえば、宝、みたいな性格よねといきなり思えて来たので、この手のことって、あてにならないといえばならないような……。

※この間、生まれて初めて輸血というものをしたのですが、やはり、正真正銘、B型でした。

ベッドの上で物を食べる

最近、ちょっと太り気味でダイエットを始めた。

完全栄養食品、粉ミルクダイエット。160ccのお湯に溶いて飲むだけ。味はコーンスープに似ている。

甘い物は一切買わないようにしていたんだけど、昨晩、たまたま友人がおみやげにクッキーを持って来たのがいけない。

寝つけなかったので、手持ちぶさたでマンガを読みながら、ついついついつい手を出してしまった。

真夜中、夜叉《やしゃ》のようにバリバリとベッドルームでクッキー2袋食べる私。

そして、朝。シャワーを浴びている間に目覚まし時計のベルが鳴ったらしく、アシスタントさんがベッドルームに止めに入った。

彼女は、きっと枕元にある、クッキー2袋の残骸《ざんがい》に気がついたに違いない。

彼女は私のダイエットを知っている。

「ケーキ、いっしょにどうですか？」と言われても、「いいえ、私は粉ミルクダイエットをしているから、粉ミルク飲むからいいの」と言って「がんばりますねえ」と感心されていたのに。

見られてしまった。クッキーの残骸。

『あしたのジョー』のマンモス西の気持ちがわかる。知らない人のために言っておくと、マンモス西はボクサーの宿命である減量に耐えきれず、夜中にジムを抜け出して、屋台のうどんを食べていたのだ。それを見つけたジョーに殴られて、口から、どべろんと、うどんをたらしたのである。みじめ。

さて、ベッドの上で物を食べる、というのはお行儀が悪いことでしょうか。

昔、子供の頃は兄とよくやってました。親は、怒ったけどね。

私のダンナさんは、きれい好きなのでそういうことを一切しませんが、ずっと前につきあった人は、学生時代の延長みたいな私生活を送っている人で、ベッドの上で、スナック菓子なんか食べていて、私はその人とつきあっている間は、そういうことしてたなあ……。

なんか、それはそれで楽しかった。

前見た洋画で、ビデオを見ながらベッドの上で、彼と彼女が、とてつもなく大きなお皿にスパゲッティを作って、その一皿のスパゲッティをふたりで食べるシーンがあって、とても美味《おい》しそうに、そしてお洒落《しゃれ》に見えてしばらく真似してました。

ああいうのは、いいな。

がんばれる？

その頃、私はまだテレビ番組の制作会社に勤めていて、脚本家になりたいなあ、と思い始めた矢先だった。

そして、たまたま仕事の現場で会った彼は、ミュージシャンになりたい、とずっと願っているような人だった。

そしてたいていの、何かになりたい、と願う若者たちがそうであるように、私たちは、そんなこと言っても、なれるわけないんだろうな……とどこかで思っていた。言葉には出さなかったんだけど。そんなこと、わかる。

彼は、夜中に電話をしてきて、今できたばかりだというバラードを受話器越しに歌って聞かせてくれたりした。いい曲だった。

私たちは別に恋人とかそういうふうにはならなかった。たまたま。きっかけもなく。いや、私の力不足かもしれませんが。

やがて、私にポツリポツリ脚本の仕事が来るようになった頃、彼にもデビューの話が持ち上がっていた。私たちは浮かれたけれど、お互いまだまだ海のものとも山のものともわからないような不確定な話だった。

私は脚本の仕事が来ることがうれしくて、何でもかんでも受けまくってパンクしそうになった。

電話でその人に泣き言を言った。仕事受けすぎて5本くらい同時進行で、どうしていいかわかんない。

「がんばれる？」

と彼は言った。

がんばれよ、でも、がんばって、でもなく。

「がんばれる？」

と聞いた。

私は、しばらく考えてウン……がんばる、と答えた。

しばらくして彼は、売れた。私は彼に電話できなくなった。とても、そのまま4畳半に住んでいるとは思えず、知らぬ間に電話番号が変わったことを、この耳で確認するのは嫌だったから。

以後、5年強の音信不通。そして、最近、偶然、テレビ局の廊下ですれ違った。彼の周りには取り巻きがたくさんいて、私はプロデューサーに玄関まで送ってもらうところだった。

私は一瞬、足がすくんだけれど、どうにか笑った。彼も、一瞬、顔が止まったけれど、照れたように笑った。その顔は、がんばれる？　と今の私に言ってくれてるような気がした。

タクシーの中

タクシーの中で手を握られるのが苦手である。
と、いきなりな出だしだが、この世には、まず男女の最初はタクシーの中で手を握る、からだと思っている男性が結構いる。（私のまわりだけ？）

それで相手のリアクションを見ながら、次に進むべきか否かを判断するというのだ。握り返したりしたら、いきなり行き先がホテルになっちゃったりするのかなあ…ま、いいけど。

で、私はタクシーの中で手を握られるのが嫌いである。好きな人にでも。多分。それやられたらとたんに、サーッと冷房車に入った時の汗のように引いてしまうんだな。

さわりたい、という気持ちはわかるよ。私も、好きな人と隣り合わせに乗ったりすると、あああ、こんなに近くに、手が……。私の愛《いと》しいあの人がもう、この人という距離にいて、そしてその手がこんなにも至近距離に…。さわりたい、さわりたい、できたら力を込めて握り（と書くと寿司《すし》みたい）も、してみたい…。

だけど、やらない。

自分が嫌いなことは人にもやらない。

だいたい、タクシーの中というのは、逃げようがなくて困る。

赤信号を見計らって、あなたの幸せと健康を祈る、宗教のように。（ああいうのって、たいがい逃げ場のない時、来るよね）

そして、タクシーの中で手を握る、というのは恋の始まりにしては、なんとなくやらしい感じがする。

ねっとりしっとり、女の人は和服着てそう……そんな感じ。

私としてはもう少しさわやかに始まって欲しい。

9時台の恋愛ドラマのヒロインたちは絶対、そんな恋の落ち方しないよ。

古谷一行といしだあゆみ、10時台の大人のドラマ。そんな感じしません？

やっぱり、私じゃ力不足。

昔、まだえらくなかった頃（いえ、今でもエライわけじゃないですけど…。時々先生とか呼ぶ人がいるから）、私はタクシーの中で仕事関係のえらい男の人に、よく手を握られた。いわゆるセクハラというやつだ。

もしかしたら、昔、まだ若かった頃の間違いかもしれない……けど。

私はやめてくださいよ、と笑うしかなかった。

ホントは、「いい加減にしろよ、このハゲオヤジ！」と言い捨てて、「すみません！　ひとりここで降ります！　おつりはいりません」と一万円札出す、くらいカッコよくやりたかったが、勇気はなかったし、お金も惜しかった。

だけど、タクシーの中で手を握られた次の次の次の日くらいに、すごい達筆の毛筆の封書が会社の机の上に置いてあって、誰かと思うとセクハラオヤジで、桜の花に託した丁寧な時節の挨拶《あいさつ》の後に、「この間は酔っぱらって、とんでもない失態を演じてしまいました。春も近く少し気持ちがはしゃいだのだと思います。誠に申し訳ありません。どうぞお許しください」なんて書いてあると、エライハゲオヤジにはハゲオヤジの気持ち、というものがあるんだな……そして、私なんかエラクないしがない駆け出しOLに一応誠意みせてるじゃん、などと、寛容になってしまって、許してあげちゃったりするのである。

ちなみにこの人は、著名な作家でした。

最近はありませんが、タクシーが止まる。

お札を渡す。

お釣りをもらう。

この、お釣りもらう時にですねえ、運転手さんが、お釣りを渡すふりをして手を握ったな、こいつ…ってことありません？

この話をする度に、誰かの賛同を得られたことはなく、えええ?! そんなことしないよ、エリちゃん（いい年してすみませんが私のファーストネームです）の自意識過剰じゃないの?! と思いっ切り言われるんですが、そうなんでしょうか。自意識過剰なんでしょうか？

開いた手のひらに、お釣りを載せる時、必要以上にムギュッと…。

気のせいかなあ……。

それでも、私はタクシーが実は結構好きで、青山あたりを走る時はブティックなどチェックして、なかなか楽しく過ごします。

忙しい時は、唯一の娯楽。ドライブ気分でよく乗ります。

で、時々、誰かの車に乗せてもらって、降りる時に、お財布出して「いくらですか？」と聞いてしまって笑われたりムッとされたりします。

家の前で、今もらったタクシーの領収書を見ると２８７０円でした。自由が丘で知り合い何人かで飲んで、自宅のある原宿までタクシーで帰ってきた時のこと。みんなで会うのは確か、それが3回目くらいだったかな…。

実は、私はその中にいいな、と思っている男の子がいました。Tくんです。

お店を出て、それぞれタクシーを拾おうとしている時、ひとりだけ車で来ていたTくんは、

「北川さん、送ってこうか？」

と言いました。

私はドキッとしました。う、う、うれしい…。

が、その時、間髪入れずに一緒にいた女ともだちが言いました。

「どうして？ Tくんは××方面だから○○子たち送ってった方がいいよ。エリちゃんはタクシー拾った方が早い。こっち側はすぐ拾えるし」

うっ…。早いってどういうこと？　タクシーの方が時速が速いの？

「そうか…そうだね」

あっさりTくんも引き下がる。

仕方がなく、私はタクシーを拾って帰って来たのでした。

で、手には2870円のタクシーのレシート。

でもね、一瞬ではあったけど、あの引き下がり方は、どう見ても何の他意もなかったけれど（単なる親切で）、2870円分のTくんの思いやりが、嬉《うれ》しかったな。

タクシーのメーターが上がるのが嬉しかった初めての出来事ですね。

だって、それはやっぱり800円で来るところよりも、3000円の距離を送ろうか、と言ってくれた、と思う方が……嬉しいよ。

いい恋って、何だろう

結局、いい男って何かってのは、結論がでるはずもなく、個々人によって違う。好きになっちゃった人が好きになっちゃった人なんだろうし。そうすると、テーマは、いい恋愛ができるかどうか。いい恋愛ってのはあるような気がする。なんとなく。

やっぱり安い恋愛は悲しいじゃないですか？　その辺に転がってるような、一日で拾われて二日で捨てられるようなそんな恋は、しない方がいいと思う。石ころのような恋はむなしいよ。少なくとも、自分では宝石と思っていたい。

じゃ、どうすればいいかというと、相手と真剣に向き合うってことだと思う。真剣に向き合いたくならないような相手だったら、相手にしないことだと思う。淋《さび》しいし、遊ぶ相手欲しいし、奢《おご》ってくれるし、それに何よりもててると気持ちいいし、というような心持ちで男の子とつきあってると、きっといい恋なんかできないと思う。熟練したかけひきで、誰もがうらやむようなカッコイイ男の子を落として悦に入ってるとしても、それもさもしいと思う。恋愛ってゲームじゃないわけで。自分の実力を試すボードゲームじゃないわけで。

それに、その手の喜びって、恋愛の核心の部分で得られる喜びと比べたら、ほんのわずか、なものなのに。

恋って密室劇だから、本当の意味でのその恋の価値は、当人同士にしかわからない。他人に吹聴《ふいちょう》したり、相談することじゃないのかもしれないね。

正直に素直に、相手に向かっていって、何かが響き合えたら恋に落ちるんじゃないでしょうか？　自然に。

まあ、うまくいかないこともあるし、今から、考えるとあの男の子はダメダメだったなあ……あのまま、結婚しなくてセーフ、という人もかくいう私にもいないことはないですが、でも、それはそれ。

いい恋だったと思う。何にせよ本気だったし真剣だったし、大好きだったので。

憧れる

1998年の大きなおともだち

1992年のお茶漬け

その年、私は「素顔のままで」という連続ドラマで、脚本家デビューを果たした。それはある意味では、華やかな世界に足を踏み入れた第一歩であり、別の意味では地獄に足を踏み入れたのかもしれなかった。

視聴率と、自分の書いた物が世間にさらされる恐怖と、そしていつ書けなくなるかわからない、という不安。

そして、今、その1992年のことを思うと、お茶漬けが頭に浮かぶのだった。

私は、「素顔のままで」を書く際、2カ月間、新宿の高層ホテルであるヒルトンホテルのセミスイートに缶詰にされたのである。その頃は、今、一番人気のパークハイアットも、目白のフォーシーズンズホテルもなかった……と思う、確か。

最初は、そりゃ私も「まあ！　まるで作家みたいだわ」と浮かれたもんだが、それはそれは苦しい毎日だった。

ロイヒルつぼ膏《こう》という肩凝りの薬を貼って、栄養ドリンクを胃が痛くなるほど飲まされて、徹夜で本（脚本）を書くのだ。

そして、明け方近くにルームサービスでお茶漬けを頼むのだけが、その頃の楽しみだった。２５００円もするヒルトンのお茶漬け。梅茶漬け。さけ茶漬け。みんなおいしかった。ぶくぶく太った。

私は、きれいなんかじゃなくても、いい本が書ければそれでいいんだ、と思っていた。

その頃、女性脚本家がドッと出て、その特集が雑誌のグラビアなどで組まれてたりしていたが、まあそん時だけ、なんとかごまかせりゃいいや、と思っていた。

それなのに、ある日聞いてしまった。フジテレビのプロデューサーが言うのを。

「この間、夜中に忘れ物取りに会議室、入ったらさ。○○（女流脚本家）と××（女性プロデューサー）が打ち合わせしててさ、何時間やってんだよ、こいつらって思ったんだけど、もう化粧ははげおちてるわ、目の下は隈《くま》出来てるわ、で正視できなかったね、俺は」

そうか……。厳しいな、と思いましたね。

1993年の結婚式

1993年の秋に結婚式を挙げた。

何としても、それまでに痩《や》せようと思い、設定した体重の1キロオーバーだったが、ちゃんと痩せた。えらいと思う。

やっぱり、こういう日はきれいにしたい。しかし、後から写真を見るとメイクが気に入らないと思う。

今だったら、懇意にしているメイクアップアーチストにやってもらったのに……。

でも、まあ、その時々のベストであれば、それがしあわせ、だと思う。

1994年のユーミン

この年に書いた、ドラマの主題歌でユーミンと出会った。

家にも行った。

いい女、というのはこういうことだよな、と思ったりした。

後に、私は柴門ふみさんとも会うことになるのだが、彼女のたたずまいを、私は好きだと思う。顔がきれいとか、立ち居振る舞いがどこかのマナー講座で習ったように美しい、とかそういうことではなく、柴門さんの物の見方は、対象物にスーッとまっすぐ視線が伸びるのである。

湾曲したり、くねったりしない。これ比喩《ひゆ》でなくて、実際に、物を見るときの目がいいと思います。

潔く堂々としている彼女を、私は真似することはできないし、ああいう風になることも多分、できないんだと思う。けれど、できない、と認めた時、何か、一歩、成長したような気がした。

人は人。自分は自分。

そして、自分のいいところというのは、他人《ひと》が見つけてくれるもので、自分で検証したりしちゃだめだと思う。

1995年の三つ編み

この年、私は母の看病によく田舎に帰った。

長い髪が邪魔だったので、ババババッと三つ編みにまとめておさげにして、母の身体を拭《ふ》いたり、足をマッサージしてあげたり、よく働いた。いえ、私にしては、ですが。

母は、熱いお湯でタオルをしぼる私に、「エリちゃんは、かわいいねえ……。ちょっと小柄だけど、そこがまたかわいいねえ。男の人から見たら、さぞかしかわいいんだろうねえ」としみじみと言った。

亡くなる一月くらい前のことだったろうか。私は、母にそんな風に褒められたことがあまりなかったので、ものすごく照れくさくて、ガハハッ！　と笑ってごまかした。

ジーパンとTシャツで過ごした夏だった。

亡くなった時、まだかわいく見えるような歳の娘（と言っても32歳）を残して死んだ母が、悲しかった。普通、もっともっとシワシワになったおばちゃんの娘に看取《みと》られて逝くもんだよ。

1996年のペンダント

6月に「ロンバケ」のスタッフと行ったニューヨークで髪をばっさり切った。

ヒラリー・クリントンも髪を切るというカットが2万7500円のお店。生涯一番の贅《ぜい》沢《たく》かも。

トイレで、向こうのお客さんに、英語で「よく似合ってるわ」と言われた。こういうって日本ではない。

この年、私は異様にもてた。もてるのは、もう6年ぶりくらいだった……。夫がいるので、ただもてただけで、それ以上でもそれ以下にもならないのが、悲しいが。

やがて、私は自分がもてる時には、必ずアガットのクロスのペンダントをしていることに気がついた。私は自分の中で、魔法のペンダントと呼び、これ！　という時は必ずそれをして行った。「ロンバケ」の番宣で、テレビに出た時も、した。

今は、引出しの中で錆《さ》びて眠っている。タイタニック号の宝石のように。

もう二度と、使わないつもりだ。期間限定。1996年のペンダント。

お祭り騒ぎのような年だった。

1997年の湿疹

妊娠性湿疹《しっしん》で、体じゅう、見るも無残な掻《か》き傷だらけになった。

その頃の写真を今見ると、目を覆いたくなるほどひどい。

でも、当の本人は見てくれなんてどうでも、本当にどうでもよかった。ただただ、痒《かゆ》みが引いてくれるのを待った。

しかし、従姉妹《いとこ》に「顔だけでも出なくてよかったね」と言われると、確かに顔に出ていたらもっと、気持ちが沈んでいたかもしれないと思った。

1998年の大きなおともだち

娘が生まれた。ノッカといいます。

ノッカがお座りをした時に、「のっちゃんも大きくなったから、ほら大きなおともだちだよ」と、夫がテディベアを与えた。

それまでは、ちっちゃいおともだちであるところの、押すとビョービョー泣く、手のひらサイズのドナルド・ダックのようなアヒルが幅をきかせていた。

ノッカからは、私がこのまま産後太りをひきずってオバサンになろうとも、母として愛されるんだろうな、と思うのだが、そうだ、子供には参観日というものがあるではないか。

ノッカのおともだちのお母さんは、㊍出産である私より、きっとずっと若い。

ああ、だめだ。参観日でのっちゃんのお母さん、きれいだね、と言われるためにも女を捨てるわけにはいかない。まだまだ、戦い？　は続くのである。


ということで、1992年から1998年の7年を検証してみましたが、女はいつまでもいつもきれいでいなければいけない、という結論に達しました。ダイエットはつらいが、がんばりましょう。

そういえば、今、ふと思い出したけど、母が亡くなった時、65歳だったんですが、私の従姉妹であるところの、母の姪《めい》っこが「おばちゃんは、いつもお洒落《しゃれ》できれいだったから、きれいなうちに逝ったんだねえ……」と柩《ひつぎ》の中の母を見ながら言っていたっけ。

置き去りにされた青春——永井さんのこと

私が初めて『ぼくが医者をやめた理由《わけ》』を手に取ったのは、調布《ちょうふ》の本屋さんでだったと思う。

その頃、私は調布にあるにっかつ撮影所というところに勤めていて、テレビドラマの企画を立てる仕事をしていた。かれこれ、今から10年くらい前だ。もうそんなになるか。愕《がく》然《ぜん》としました。今、少し。

調布の真光《しんこう》書店で平積みにされていたこの本を見つけた私は、多分、サッと読んで、すごく気に入って、サッと「つづき」の方も買ってこれもサッと読んで、月曜日の企画会議に発表したんだと思う。その頃、毎週月曜日には、テレビ部の部長の指揮のもと企画会議というものが行われていたのでした。

私たち、ヒラの企画部員はそこで、テレビドラマになりそうな本を発表し、部長のGO

が出ると、企画書を作り、局に持ってって、営業する、というような仕事をしていたのでした。

　火曜サスペンスや土曜ワイドが主流だった企画会議で、このような企画はちょっと異色だったかもしれないが、私はいつもちょっと異色の企画ばかり持って行っていたように思う。なぜなら、サスペンスが苦手だから。

　火曜サスペンスを考えていると、こわい夢を見るので、嫌だった。

　さっそく、原作者の永井明さんに電話をして、そしてお会いする約束をして、麹町《こうじまち》（だったと思う）にあった事務所までエッチラオッチラ出掛けて行った。調布からだと、都心に出るのは旅だ。

　ところで、この頃、私は25か26だった。若い！　いえ、今と比べればですが。

　若いおネエちゃんが原作をくれ、と言いに来たので、永井さんが二つ返事でオッケーしてくれたかというと、そんなことはまるでなく、私は仕事の厳しさを知ったのでした。

　ウソです。ウソウソ。永井さんはとても紳士で、やさしそうで、素敵な方でした。

　で、しかし、この原作が欲しいと、他のテレビ局の人からも言われている、というようなことを言われ、私の中の、営業魂にボッと火がつきました。

　私は、競合すると燃えるタイプで、そういう時、必ず原作を奪い取っていました。

永井さんから、できれば大森一樹さんに脚本を書いて欲しい、というような希望が出て、それは私も偶然、考えていたことなので、それはそれはいいですねえと相槌《あいづち》を打ちながら、しかし心の中で「でも、きっとそんなことは無理だ」とも思っていました。民放一、マイナーなテレビ東京の枠だし。

しかし、無理なことに燃えるタチの私は、またしても、仕事魂に火をつけられ、大森さんのところにドキドキしながら電話をし、あのいきなり喧嘩《けんか》を売ってるような関西弁で電話に出られて、それで、またもや、しいたげられると燃える魂に火がついたのでした。私ってマゾ？

それで、どんな経過を辿《たど》ったかは忘れましたが、大森さんに本を書いてもらえることになり（多分、永井さんの力添えも大きかっただろうと思われる）、「ぼくが医者をやめた理由」は5回連続で、テレビ東京系でＯＮ ＡＩＲされました。

この1回目は私も大森さんと一緒に脚本を書かせてもらったんですが、2回目からはクビになりました。

私は、心労で痩《や》せて、この時、娘になって2回目の40キロ台を割る、という体重を経験しました。

それでも、こうして私が苦しんでる間も、永井さんは、やさしく私たちを見守ってくれていたと思います。

普通、自分の原作がドラマになる場合、人は心が狭くなり、いろいろなことを言いだしますが、永井さんはいつも穏やかに、その代わりポイントだけは、言う、という感じでした。

私は、大森さんがとても厳しくてこわかったので、永井さんに救われていた感じでした。今、こういうことを言うと大森さんに怒られそうですが。

私の記憶の中で、大森さんと永井さんと私と3人の打ち合わせは、その厳しさとは反対にとても楽しい思い出として残っています。

調布のにっかつ撮影所のマッキ食堂で、私たちは、冗談を言って笑いながら、長い時間打ち合わせをしました。そして、夜になると、調布の駅前のちょっとお洒落《しゃれ》なカフェバーで（その頃は、そういうものが全盛だったのですよ）、ビールを飲みながら、話の続きをしました。

〝ぼく医者〟の中に出てくる、沢井さんとお慶さんと、「ぼく」のような楽しい3人だったと思います。ここで、自分を三島さんと言わないところが、私の奥ゆかしいところだ。

三島さんとは死んでしまう美少女のこと。

と書いて思ったけれど、私が大森さんに怒られつづけたのは、多分、この三島さんを薄幸の美少女としてドラマの中に登場させようとした、その無神経さ加減だったんだと思う。永井さんにしてみれば、本当に死んでしまった患者さんのことなんだけど、どこか私にはドラマ的にオイシイ！　という思いがあったんだと思う。

そこが、大森さんや永井さんの琴線に触れた、じゃない、その反対、逆鱗《げきりん》に触れた、部分だと思う（こういうとこでふざけるからまた怒られる）。何せ、本当の話だったんだから、特に。

こうして、私は、人々のこだわり、ということを学んで行くのである。

一度、私がタイトルを間違えて、「僕が医者をやめた理由」と書いたら、永井さんが「僕」はひらがなです。「ぼく」。ぼくは、どうも「僕」という漢字が嫌いなんだ、というようなことを仰《おっしゃ》ったことがあって、それはとても印象的で、未《いま》だに覚えている私です。でも、若いうちは、自分の勢いが余りあるので、人の気持ちはおかまいなし、ですね。どっちかと言うと。

さて、そうこうしているうちに、〝ぼく医者〟のドラマのオンエアーは終わり、私は、大森さんにも永井さんにも、その後、お会いすることはなかった。

永井さんには、パーティーで一度だけお目にかかりましたね。主演の阿部寛さんもいたパーティー。阿部さんみたいなカッコいい人に自分をやってもらえるなんてって素直に喜んでいた永井さんは、やはり私の中ではずっとやさしい印象でした。

しかし、こういうつきあいの常として、女の人は抜けるんですね。大森さんと永井さんは、その後もずっとともだちづきあいを続けてらっしゃるようです。

やがて、私がシナリオライターとして売れた頃、永井さんから一通のハガキが来て、事務所を閉めて、オーストラリアに渡る、ということでした。その後、「週刊朝日」か何かのグラビアで、ルワンダのろくに食べ物も飲み物もないだろうっていうようなひどい難民キャンプで医療現場を取材している永井さんを見ました。

永井さんは、未だに何かを探し続けて、求め続けて、自分の中の答というものにこだわり続けてらっしゃるんだな、というようなことをぼんやりと思いました。

今、永井さんの本の解説を書くにあたって、もう一度〝ぼく医者〟を読むと、永井さんの屈託とか、何かと先回りして自己弁護する小心者な感じとか（失礼！）、あの頃は気がつかなかった、というか勢いで読み飛ばしていたものが、わかってしまいますが、読み飛ばした勢いもそれはそれですごいな、と思います。

若いということはすごい。そして、そういう時期に、永井さんや大森さんに会えて痛い目にあって、よかったような気がします。

ほら、その方がドラマがあるから。

私は、人を見る目はほとんどありませんが、やっぱり永井さんは、いいお医者さんだったとおもいます。

私が腎臓《じんぞう》が悪いことを、いつも気にかけてくださっていて、やっぱりお医者さんだった人なんだ、と思ったし。

病気を診るんじゃなくて、病人を……人を診るんだ、と言った永井さんの人柄は、私はやっぱり好きですね。誰になんと言われようと。医者を辞めてもね。

永井さん。私は、昨年、子供を生みました。

腎臓は、どうにか大丈夫だったです。

人生は、続いていきますね。このように。

10年前にほんの一時、触れ合っただけの人だけれど、私にとっては、貴重な時間というか、記憶でした。

憧《あこが》れた作家さんに会って、ドラマを作って、ぼろぼろになったけれど、今、まだ、そういう仕事をしているし。

私にとって、永井さんと大森さんというのは、その後、育って行った座標軸は違うけれど、座標軸が違うゆえに特に、最後の青春の記憶、というような匂いがあります。

ところで、あの頃、いつもニコニコしていた永井さんですが、実は大森さんとふたりになると、私の悪口など（あの女は使えねえ……とか）言ってたんでしょうか？

『普通の人』――水丸さんのこと

私が『普通の人』に関して覚えている一番印象的なことは、『普通の人』は売れなかった、ということだ。

売れなかったんですって。『普通の人』……。

それが、今回文庫になるとは、どういうことだ……？　普通、文庫って売れた本しかしませんよね。薄利多売だから。

いい本だからなのかな。朝日新聞社だから、商業主義じゃないのか。それとも、水丸さんがお金に困っているからなのかな。どちらにしても、美しい話だな。

さて、私が、単行本の『普通の人』を手に取ったのは、たまたまだった。原宿に住んでた頃、ドラマ執筆の合間に出掛けたラフォーレの上の本屋さんで、たまたま見つけた。(今は、もうその本屋は半分つぶれた。半分つぶれたとはどういうことかと言うと、スペ

ースが半分になった）

それは平成版で新しい方（第二弾の方）だったけど、めっちゃくちゃ面白くて、私は、安西水丸さんと対談した時に開口一番、「めっちゃくちゃ面白かったです、『普通の人』」と正直に感想を言うと、そうですか、ありがとう。いやあ、しかし、あの本はぜんぜん売れなかったんです、と言われたわけです。ぜんぜん売れなくて、家にいっぱいあるから、ぜひとも第一弾の方もあげましょう、第一弾も、もちろんぜんぜん売れませんでした、ということでした。

その頃、私はシナリオライターで（って今でもシナリオライターですが）、アテまくっていた頃で、北川悦吏子には数字がもれなくついてくる、と業界で紙吹雪が舞ってた頃で（誰もテレビ業界の人など読まないだろう、と思って書きたい放題書いている）、面白い物は必ずアタルし、必ず売れる、と確信していたので、少なからずショックでした。

こんなに面白い『普通の人』が売れないことが……ではなくて、そんなに売れない物を私が面白がるなんて、もしかして、私って見る目ないのかも、というショックでした。

でも、やっぱり、面白いわけです。今読み返しても、最高です。

サーファーをなぜ襲ったのかと聞かれて、日焼けして得意になってるのが頭に来るから、と答えるところとか、絶妙です。（注・『普通の人』117ページ）

しかし、今、自分で書いてみて字面だけ読んでたら、まるでカミュの『異邦人』みたいにマジメに奥の深いセリフにも読めますね。

「日ヤケして得意になってるのが頭にくるからよ」。これ、もし、安西さんではなく、たとえば弘兼憲史さんが『人間交差点』か何かで書いた一コマだとすると、シリアスな少年犯罪の話、な気すらする。

やっぱ、この水丸さんの独特の絵の持つ力って大きいんですね。あらためて。しみじみ。

「青春感ずるぜよ」

「いいことというな林田」（注・『普通の人』43ページ）

とかも。私は、もう嬉《うれ》しくて大笑いしたんだけど、こうして今、セリフだけ抜いてみると、下手な作家が書いた本気な青春ドラマのような気さえする。疲れていたら、私だって書くかも。

おおおっ。水丸マジック。

この微妙な兼ね合いって、水丸さんの絵で水丸さんのセリフでしか、成立しないんですね。奇跡のような『普通の人』。でも、売れない。

果たして、文庫は売れるのか。もし、今、この解説を読んでいる人で、最後に2刷とか、3刷とか書いてあったら、心から喜んでください。文庫は売れたんだなあ……文庫になって、初めて売れたんだなあ……よかったなあ……っと。
ところで、さっきから、売れるとか売れないとか、そんなことばかり書いていますが、当の水丸さんは、そんなことぜんぜん気にしてません。どうでもいいって感じです。そのたたずまいが、私は好きです。クールですね。『普通の人』はもちろん、ちょっとイジワルです。水丸さんは、自分自身はお洒落《しゃれ》で、カッコよくて、おいしい洒落たお店、いっぱい知ってて、絶対に「養老の瀧」なんか行かないくせに、「今年の忘年会どうするかね」「飯田橋の養老の瀧なんかを考えてます」とか書くわけです。（注・『普通の人』8ページ）
平成版の『普通の人』は村上春樹さんが解説を書いていますが、これは誰かのことだけど、どっかもしかして自分かもしれない、というようなことを書かれていて、私は、心底ドキッとしました。というのも、私は、自分がこん中にいるなんて、ぜんぜん思ってなかったからです。こういう人を上から見て笑ってるつもりでした。こわいことです。でも、水丸さん、自分がこの中にいるとは絶対思ってないと思うんですけど。いるんですか？　たまには。
水丸さんのカッコ悪いところも、スキがあるところも、かい間見てみたいと思う北川ですが、それほど、お会いする機会もなく、私の中では、カッコイイダンディな水丸さん、という域を出ません。

誰か、安西水丸さんの一日をこのようなマンガで描いてくれないかなあ……。

対談でお会いした時に、自分は、小学校の時から、ハイって手を挙げるような子供ではなく、ふん、そんなことわかってるよ、てな感じの冷めた子供だったとおっしゃってましたが、『普通の人』のちょっとした文章の中にも、水丸さんのキャラクターが窺《うかが》えるような、運命に逆らわないでサラリと生きてる感じが、見えてカッコいいですね。私なんか、逆らいまくって、私が！　私が！　と手を挙げて、やっとここまで来た人間なので、惚《ほ》れ惚《ぼ》れします。

これからも、その水丸さん流のやり方で、スイスイと人生や、運命など乗り切って行って欲しいと思います。

そうそう、読者におまけですが、水丸さんは、女の人を褒めるのがとても上手です（私は、さほど褒められてませんが）。サラリと「そこの胡椒《こしょう》取って」ってくらいサラリと自然に女の人を褒めます。

そして、その彼女が再び、どこかで水丸さんに会ったとして「あっ、水丸さん、この間はどうも」と言うと、「ああ、君。どちら様でしたっけ？」と言うようなところがあります。キュートですね。

※「普通の人」安西水丸（117ページ）

柴門さんのこと

柴門さんは不思議な人だ。

これが、私の柴門さんに対する印象でした。初めて、ドラマ「あすなろ白書」の制作発表の時に、お会いしました。

その時、私は、原作をものすごーく変えてしまっていたので、正直言うと、柴門さんがいらっしゃる制作発表には出たくなかったのでした。こわかったから。変えちゃってゴメンナサイゴメンナサイ、と思っていたから。

なので、会ったとたん、ものすごく緊張して、お腹が痛くなって、控室で横になっていて、控室から出て来た時には、もう柴門さんはお帰りになっていて、ほとんどお話ができませんでした。(正直、お帰りになっていてホッとした)

再会したのは、ついこの間のスピッツのコンサートでした。

その時、柴門さんは、くったくなく笑いかけてくださったので、安心しました。ああ……「あすなろ」のことを怒ってないんだな、と思いました。もしかしたら、怒ってたかもしれないけど、その怒りも月日に風化したのかな、と思いました。

私は、柴門さんのマンガやエッセイは好きで、ほとんど読んでいますが、私自身が柴門さんに好かれることはないだろう、とずっと思っていました。

なぜなら、私は、柴門さんが描かれるマンガのヒロインのカタキ役（？？？）タイプに近いと自分で、思っていたから。

まあ、少し時代が前ですが、目がかまぼこ目で、髪がレイヤーで、マンガだから、声はわからないんだけど、その声は甘く高めで、頭は悪いんだけどカチューシャを留めるコツとか、そんなのだけ習得していて、恋のことばっかり考えていて、というまあ、そんな子です。（私は二十代の頃、人から見たらそんな子だったと思うから）

だから、柴門さんの作品は好きだけど、柴門さん自身には近づかないでおこう、というのが、当初の私の計画でした。（いえ、そんな計画をわざわざ立てたわけでもないんですが）

でも、スピッツのコンサートで再会したのでした。

コンサートの打ち上げでご一緒して、まだまだ柴門ふみというビッグネームにびびっている私は、いかん、いかん、柴門さんの飲み物がないじゃない！　担当編集者は何をしているの!!　と慌てて、オレンジジュースを柴門さんの分まで取って来たりしたのですが、当の柴門さんはとても自然体なのでした。

私は、最近、急にエラクなった人間なので、エライことに慣れてなくて、どのようにふるまったらいいか、わからなくて、何よ、私の飲み物はないの？　編集者は？　アシスタントプロデューサーは何をしているの？　と私の中の悪魔がたまに怒ったりするんだけど、この辺のところ柴門さんは、さすがなんです。

食べたい物があったら、自分で取ってくるわ、というスタンス。ぜんぜんエラぶってない。それでエラク扱われることにも、オドオドしてない。自然体。

ほおおおっ、これで、いいんだ、と私は感心しました。

さて、決して、柴門さんには近づくまい、と思っていた私ですが、柴門さんの作品はずーっと好きでした。するどくて、媚《こ》びてなくて、本当のことが書いてあるから。

代表的な著書である『恋愛論』の中の悩み相談にもこんな文章が……。

『普通は、彼と会えないとき、女の子は女の友達と遊ぶものです。だから、あなたは女の友人から「八方美人」といわれるのです。きっと、「嫌な女」と思われてることでしょう』

……なんて、歯に衣《きぬ》着せぬ……。なんてはっきりと。

この言いにくいことをズバッという感じがとても好きです。

スピッツの打ち上げの時にも、芸能人では誰が好き？　と聞かれたので、私が少女の頃から十年来、憧《あこが》れている芸能人（男）の名前を打ち明けると、

「あら、あの人はホモよ。絶対、ホモ」

柴門さんって素敵だなあ、と思いました。

それがたとえ真実だとしても、人の十年来の夢をほんの一瞬で、こっぱみじんに砕けるなんて、と私は惚れ惚れとしてしまいました。

私は、柴門さんが男だったらきっとタイプだったと思います。そういう容赦のない人って好きだから。

女だとどうか、と言うと、やっぱり好きなんですよね。サバサバして、くったくなくて。

次に柴門さんと会ったのは、ウルフルズのライヴでした。私を見つけた柴門さんは、あーっと嬉《うれ》しそうに手を振って、失礼を承知で言いますが、その時は、少女のようにかわいかったです。

だから、柴門さんって不思議な人だなあ、と思います。

仕事をどんどんとして、どんどんと綺麗《きれい》になっていく女の人は、見てて元気が出るから、これからもがんばってください。Mラボ（美容院の名前）のシャギーはとっても似合って

います。

私の好きな日本テレビの井上さん

こう書くとまるで、私の好きな文明堂のカステラ、というような響きがあるが、私は日本テレビの井上さんが好きなのである。

書いてみてふと思ったが、文明堂のカステラと日本テレビの井上さんは、何となく似ていなくもない。

文明堂のカステラは文明堂に行けば、いつもそれがそこにある。その感覚がどこか近いのである。

いつもそれがそこにある——。これはなかなかホッとすることである。

私は時々、酔っぱらって帰って来て井上さんに電話する。

世の中は、夜中に電話して人を起こす人と、起こされる人、そして、大多数の、夜中に電話もしなければ、ベルが鳴ることもないしあわせな人々で構成されていると思うのだが、私は夜中に電話をするタイプの人間で、井上さんは、夜中にたたき起こされるタイプの人間なのだ。

トゥルルルル、トゥルルルルル、トゥルルガチャ。

「はい、もしもし」

「あ、寝てました？　寝てますよね……今何時……え、もう二時か……」

「そりゃ、まあ、寝てますね」

私は、夜中の二時から、明日早朝ロケを控えた日本テレビのディレクターをたたき起こし、えんえんとぐちをこぼしたり、よく聞いてみるとそれはノロケかな、というような話をしたり、人生を憂えたりするのである。（こう書いてみると、なかなかにひどいことだ）

その時々によってその内容は違うけれど、だいたい「ねえ、信じられないと思いません？」で始まって、「え、もうこんな時間？　明日早いのにごめんなさい」で終わるのである。

途中で受話器の向こうから、カチャッ、ボッというライターで煙草に火をつける音が聞こえて来ると、よしよし、井上さんも覚悟を決めて夜中の私の電話につきあってくれる気になったな……とほくそえむのである。

井上さんは、明るくもなければ、別に人生、楽しそうでもなく、魅力的かと言われれば、もし魅力的ということが、太陽のように光を放って輝いている人とか、エネルギッシュな人ということならば、どうも、そういうのとは正反対のところにいるような人だ。釣りなんか、好きそうな感じがする。（本当に好きかどうかは聞いたことがない）

大勢で、お酒なんか飲んだりすると、自分からはそんなにたくさんのことは喋《しゃべ》らず、気がつくと、鍋《なべ》のものをそれぞれよそってあげたりして、ほどよく気がつく。（この、ほどよく気がつくというのは、なかなかの達人でないとできない。見え見えに気がつくのであれば、気がつかない方がマシだと私はいつも思う）

でも、私はそんな井上さんと喋っていると、明るくなれたり、ホッと出来たり、元気が出て来たりするのである。

井上さんは、素材のいいタオルみたいに、人の感情をスゥッと吸い込むことが出来る人だと思う。

明るくて自信があって、バイタリティー溢《あふ》れて意欲に満ちていてそのエネルギーを周りにまき散らす人が私はあまり得意ではない。その人の放つ光で熱射病のように、ぐったりしてしまうのである。

明るい人と、一緒にいて明るくなれる人は違うし、楽しく生きている人と、一緒にいて楽しい人というのは、やっぱり違う気がする。

人生は、人生だから悲しいことも多くて、時々濁流の中、泣きながらクロールしているみたいな気分になるけれど、井上さんは、向こうの岸に立っていて、泳いで来た人に手を差しのべて、よっこらしょと引っ張り上げてくれる、そんな人だと思う。

私だけを上げてくれるんじゃなくて、岸に辿《たど》りついた人はみんな、引っ張り上げてあげるのだ。だけど、川の中に飛び込んで助けるようなことはしない。おせっかいはしない。

そんな井上さんが、どんな濁流を渡っているのか、私は知らない。なんだか、彼の川はいつもおだやかで、日がな魚釣りをしている気がするんだが、そう見えるのが、彼の人徳であり、魅力なんだろうな……と私は思うのである。

拝啓　岩井俊二さま　お元気ですか？

今回、初めて岩井さんの小説を読みました。

今までは、映画しか見たことがありませんでした。あ……エッセイは読んだかな。映像の才能がある人が、文章の才能がそれほどあるはずはない、とタカをくっていましたが、小説『ラヴレター』は、映画に負けず、ちゃんと面白かったです。

いろんな描写の中に、岩井さんを見つけることができました。

樹が氷の上を滑るシーンは小説の中でとても印象的で、ああ、わかるなあ……こういう感じと思っていたら、映画でも印象的なシーンに仕上がっていました。図書室のカーテンも忘れられません。

しかし、岩井さん。私は『ラヴレター』について岩井さんに質問があります。

この話は、死んじゃった恋人のことが忘れられないいたいけな女の子が、実は恋人が自分を好きだったのは、自分が初恋の女の子に似ていたからだ、と知る残酷な物語なのでしょうか？

そして、その初恋の女の子から、「彼はこのように私のことを好きだったのよ」という無神経な（すみません！）手紙をえんえんともらい続ける過酷な恋物語なのでしょうか？

ああ……もう、そういう風にしか感じられない人は、この映画、見なくていいよ、この物語読まなくていいよ、と脱力なさるのでしょうか？

そういう風にしか感じられないわけではなくて、どこかでかすかにだけど、確実にそういう感じが残ってしまう、この読後感をどう処理すればいいんでしょう、という相談なんですが。目をつぶるのかな。それは、中山美穂ひとり二役というところで、解消されている問題かもしれません。

どこか、女は現実的なので、いや、私は現実的なので。お許しください。

余談ですが、小説を読んでいて博子は、藤井樹《ふじいいつき》に一目《ひとめ》惚《ぼ》れされた、と言いますがその言い方が日常茶飯事で、この人は今までつきあってきた男の人のうち、三人に一人は一目惚れだったんだろうな、と思いました。今まで一度も一目惚れをされたことのない私には、未知の日常です。

初めて『ラヴレター』を映画館で見た時、打ちのめされたのを私は覚えています。

自転車置場や、図書館や、アイテムとして自分が書くものとだぶる物が多く、そしてとてもよくできていたからです。自転車置場までは出ても、自転車のペダルを回しながら答案用紙を見るのは、思いつかん！　悔しい、と思いました。

しかし、あれから三年を経た今、岩井俊二さんという人を知ってからもう一度見て、あ、岩井さんの中にはあの頃が、学生時代がくっきりと残っているんだなあ、と思いました。

私も覚えています。放課後、自転車置場で好きな人を待っている勇気はありませんでしたが……とここまで書いて思い出した。一度だけあったな、待ってたこと……。何でだろう……バレンタインかな……。しかし、樹同様、自転車置場で人を待つ時の、人々の、あの好奇の目は、忘れられませんね。

私は、もっぱら朝偶然、自転車置場で好きな人に会えるといいなあ、と思っていました。

それで「お早う」を言うのが精一杯で、「お早う」だけでも、言い合えたら一日、しあわせでした。高校生にしてこんなモンだから、結構奥手な少女だったんですね。（今は見る影もなく……）

だから、答案用紙を交換してくれ、と言い出せない彼女の気持ちもよくわかります。うちのダンナは、一緒に観ていて「先生に言えばいいじゃん」と言いましたが、あの頃は、先生に何か言うこと自体が大変だし、樹はやっぱりどこかでこの答案用紙のことで、彼と話せる、と思ったのかもしれませんね。

図書室のカーテンは覚えてないけれど、図書室のストーブは覚えています。私の高校は図書室だけには、学校唯一の暖房器具、大きなストーブがあり、冬場、活躍していたのでした。そして、休み時間には、いろいろな教室から人が集まって来て、ストーブにあたっていて、そこではクラスの違う彼と偶然会えたこともあったんでした。

……。恥ずかしくなってきたんでもうやめます。そのように、さまざまな風景です。私たちが、もう二度と戻れないあの場所についての。

それでも、私はときどき、夢を見ます。わかんない問題ばっかりの試験用紙を前に、どうしよう……と蒼くなってる夢。並べられた机の間で、ともだちとふざける夢。向こうの方で聞こえる男子のさわぐ声、などなど。たまに、自分の今の知り合いがクラスメイトとして、出てきたりします。

目が覚めると、わからない試験の時は心底ホッとし、教室でふざけている夢の時は、少し寂しく思います。これから、もうどうがんばってもやって来ないあの時代。絶対に知り合う形としてあり得ないクラスメイトという知り合い方。

決して私は目立つ方でもなく、モテモテもて子ちゃんでもなく、その他大勢、十把一からげのひとりでしかなく、高校を出てからの方がよっぽど男の子にもてて（自分比）、物が書けるということもわかって、脚光を浴びた人生だったんだけど、それでも、やっぱり、机を並べていた、お昼時に購買部で焼きそばパンを競って買っていた、あの頃のことを忘れません。

たまに、今の知り合いを、たとえば岩井さんとか、一緒に仕事をしてるプロデューサーとか、共通の知り合いで言うとフジテレビの石原さんとか同じ高校のクラスメイトとして置いてみると、高校時代のその人が想像されて、プププッと思わず笑えてきます。

『ラヴレター』の中で、樹が高熱で倒れて、おじいちゃんが背負って病院に走るシーンがありますが、今はそこを見ると、お母さん役の范文雀に知らぬ間に感情移入している自分に驚かされます。

去年、娘を生んだせいです。それまではそんなこと絶対なくて、感情移入するなら美穂ちゃん。宮崎駿さんの『魔女の宅急便』を見ても、ヒロインのキキのお辞儀の真似をして友人に「年齢としては、キキではなくパン屋のおばさんに近い」と釘《くぎ》をさされて目から鱗《うろこ》というか、愕然《がくぜん》としていたのに。

ウチの娘は、生まれてまだ四カ月で、美穂ちゃんの年になるには、まだまだ先は長いのに。なんとなく、想像してるんですね。

そんな時を。

何が言いたいかというと、自分が未来を思っているということです。

今から続いて行く未来。そして、今に続いて来た過去。

中学校や高校時代という過去は、思い出として燦然《さんぜん》とそこで輝いているわけではなく、
今の自分に続いて来ているんだと思っています。リセットされることはなく。

そして、未来もやはり今から続いて行くんだと思う。

過去は過去として、とか全く新しい明日が……とか、そういうことでは、多分、人生はないんだなあ、と思います。温かい気持ちでそんな、事実を受け入れる気になりました。

この小説を読んで。


なんか、久しぶりの手紙に自分のことばっかり書いてしまいました。

もう、一昨年《おととし》の暮れから会っていないわけだし、私が最近、岩井さんを見たのはパナソニックのCMしかないので、そちらの情報が欠落していて、自分本位な手紙になってしまったことをお詫《わ》びします。

何かの雑誌に岩井さんのことを「岩井俊二は少女である」と書いてあって、私は前に受

けた雑誌の取材で、北川悦吏子は少年のような人である、という見出しをつけられたことがあって、おかしくなりました。

いや、だから何ってことはないのですが……。

また、お会いできる日、楽しみにしています。

新作、『四月物語』、楽しみです。

それでは、寒さ厳しき折、お体に気をつけて。

一九九八年　二月三日

あ、節分ですね。

北川悦吏子

西川貴教さんのこと

西川さんの代々木アリーナライヴを見にいった。感想。西川くんは、カッコよかった。すごくすごくカッコよかった。MCも、テレビのトーク番組のように笑わせることもなく、ドラマの打ち上げの挨拶《あいさつ》のように、笑わせることもなく、もう、最初っから最後まで二枚目だった。

いいのか…? 「ビューティフルライフ」のサトルで。私はちびまる子ちゃんのように顔に青線が入った。最終回では子犬に吠《ほ》えられるシーンもある。(結局、長すぎて、カットされ放送されなかった)

ファンの人たちに袋叩《ふくろだた》きにされるんじゃないかと思ったけど、誰も私に気がつかなかった。よかった。顔はわれてない。

完全な二枚目の西川くんに魅せられて、私はレベル4で立ち上がって踊ったんだけど、関係者席、誰も踊ってる人がいなくて、すごすごと次の次の曲で座った。踊りたかった。

できれば。そして、西川くんを、スクリーンに大写しにしてほしかった。私は。いつもそれでガーンと盛り上がれるのよ。スターさんを近くに感じて。

さて、西川くんのことを少し。彼はもちろん、あの素晴らしい声と惜しみない努力をして今の地位を築いているけど、まだまだ行くと思う。なぜなら、柔軟だから。私に対して高飛車でもなければ、媚《こ》びることもない。こういうナチュラルで自然な人って伸びると思う。冠背負っても、普通の人と人の適切なつきあいのできる人。言い換えれば頭のいい人。感性のきめの細やかな人。ああやって、ステージで中心にいる彼が、ＢＬ（「ビューティフルライフ」の略語）ではわきに回ってくれたことを、私は心から感謝しています。それが、どれだけＢＬ全体を支えて来たことか。私はよく知っています。そして、それをやれてしまう西川くんの度量の大きさってのは、すごいと思うよ。かわいかったり、カッコよかったりする西川くんですが、まだ見ていない顔が魅力があるような気が、私はするのでした。

永遠の野性の少女、吉田美和さんのこと。

雑誌などの取材を受けると、よくある質問に「目標は誰ですか？」とか「ライバルは誰ですか？」というのがある。

ここで、向田邦子と言ってくれると、記事がうまくまとまる、というのが、記者の目の輝きでわかる。そうしたら、第2の向田邦子と書けるのに。君の態度次第では、そう書いてあげてもいいんだよ。

でも、こんな時、私の脳裏に浮かんでいるのは、吉田美和だ。「沈没船のモンキーガール」や「サンキュ.」や、「すき」や「琥珀《こはく》の月」や「つめたくしないで」。

ライバルとか、目標とかいうのは、ちょっと違うけど。

私は誰かを目標にがんばったりしないので。

でも、オジサン記者は、「沈没船のモンキーガール」や、「どうやって忘れよう？」や

「すき」を、まるで知らなかったりするので、記事からは除外されている。残念だ。

私は吉田美和が好きだ。まず、かわいいのがいいと思う。歌もかわいいけど、本人もかわいい。やっぱり、女はかわいくなきゃね。

実物の吉田美和さんには、一度しか会ったことがない。主題歌の打ち合わせの時。

その時の彼女の印象は、ジーパンを穿《は》いていて、前髪を下げていて、ほとんどスッピンで、どっかシャイな感じで高校生みたいにかわいかった。

ステージやグラビアの上での彼女とは程遠く、声も小さくて、時々、中村正人さんに、

「マサちゃん、どういう意味？」

とか聞いたりしていた。

手乗りお猿、と私は思った。

私にも、マサちゃんが欲しい、と思ったけど、手乗りお猿のようなかわいい吉田美和さんが隣にいて、マサちゃんは、本望だろうなあ、とも思った。

その後、中村さんにある雑誌の対談でお会いして、中村さんが、

「吉田は乳製品に目がなくてね」

と、まるで孫のことを語るように言った時に、中村さんの吉田さんに対する大きな、包

み込むような愛を感じた。

吉田美和は、周りに正しく愛されて、正しく育《はぐく》まれてきた人、という感じがする。誰にも邪魔されなかった、という感じかな。どこも壊れていない。健やか。

吉田美和の歌詩は、いつも、心をそっくりそのまま、なので心を打つ。頭で考える前に言葉にしている。たとえば「すき」で、

「(バスタブの中で) 抱いた膝に　次々にこぼれるしずく。そっか　私　ずっと　泣きたかったんだ」

とあるように、自分が泣いている、と自覚する前に、涙がこぼれている。

頭で考える前に、行動が来ていて、それから、自分の気持ちに気がつく、という。

自分の心とか気持ちとか、その時の感情とか情景とか、そういうものにどれだけ近い言葉を探せるかが勝負だと思うけれど、近づけば近づくほど、言葉は少なく拙《つたな》くなっていくと思う。その押し寄せる気持ちの前で、立ち尽くす、ただの女の子になっていく。

吉田美和を評して、普通の女の子の気持ちを代弁している、というのがよくあるけど、私もそう思う。

俯瞰《ふかん》で物を見てるんじゃなくて、自分の気持ちで歌い倒している、という勢いがある。普通の女の子の気持ちを忘れない。これは、私もよく言われることだけど、あれは、「忘れない」というほど生易しいもんじゃないと思う。いや、吉田さんと話したわけじゃないから知らないけど。

実は、ものすごい集中力の為《な》せる業だと思う。頭で考えた言葉じゃないほど、集中力を要すると思う。

いつもいつも失恋してるわけじゃないし、恋してるわけじゃないのに、その手の詩をリアルに書くほど、集中力を要することはないと思う。何かを思い出して広げるのか、何かを想像して広げるのかわからないけど、あの集中力は神様に近い。

ドリカムの代々木のライヴはすごかった。

吉田美和はどんな気持ちも、悲しい気持ちも嬉《うれ》しい気持ちも、歌い飛ばしていた。物凄《ものすご》い歌唱力で。これは私の声なの。神様から授けられたわけじゃない。私は私の声で歌う。という強さと潔さを、感じた。

途中、私の大好きな「沈没船のモンキーガール」を歌ったと思ったら、「モンキーガール　豪華客船の旅」にスライドした。

「一緒に沈んだ財宝は　あなたと過ごした時間達♪　あなたに会えなくなってから　私は沈没船のモンキーガール♪　悲しくて悲しくて　涙の海で溺《おぼ》れた〜♪」

この曲で、私は何度泣いたかしれない。20回じゃきかない。それなのに、「悲しくて悲しくて　涙の海で溺れた〜♪　と思ったら、神様、モンキーガールはついに、新しい恋に襲われてしまいました〜♪」

と、豪華客船の旅を歌いだした。（本当にこうやって歌った）

あんなにつらく悲しい苦しい失恋の歌を歌ったと思ったら、あなたと会うと、心臓がバクバクする、とかいってこれまたすごいテンションの恋の始まりの歌を歌いはじめた。このあっさり裏切る感じがすごい。

うすうす気づいていたけど、やっぱり集中力と気まぐれは、パックになっている。

このまま、どこまでも走り抜けてほしいと思った。永遠の野性の少女。

拝啓、中山美穂さま。

隊長、お元気ですか？

撮影は、順調に進んでますか？

このあいだは、お食事会、ドタキャンしてしまってすみませんでした。でも、どうにか、おとといあたりから、体調復活です。そうだ。昨日、リハーサルを覗《のぞ》いた時に豊川さんに「体調、どうですか？」と言われたんだけど、一瞬、「隊長、どうですか？」と美穂ちゃんのことを聞かれたのか、と思って、なんで私に聞くんだ、と豊川さんのほうがよっぽど会ってんじゃん、と思ったのでした。

美穂ちゃんが、隊長と呼ばれているのを知ったのは、今回のドラマの打ち合わせで初めて美穂ちゃんに会った日でした。私は、その美しさに魂を奪われ、ああっ、人の美しさがこんなにも人の心を打つことがあるのだ、と思いました。あの日。男の人だったら、この気持ちを恋と見紛《みまが》うかも。それも仕方のないこと、と思いました（シェイクスピア戯曲風に読んでください）。でも、美穂ちゃんの美しさは、ただ顔形の作りの美しさではなく、何年もトップでがんばって来た人の気高い美しさでした。

先生（私のこと。美穂ちゃんがこう呼ぶので）もがんばります（隊長！　先生！　と呼び合うのが好き。スポ根マンガみたいで）。私たち、がんばって、美咲（ドラマのヒロインの名前）を作り上げていきましょう。今日は比較的、軽いお手紙になりましたが、ディープなラブレターは、また、メールにて。ではでは。くれぐれも、お体気をつけて。また、焼肉、行きましょう。

北川悦吏子

2001年3月12日

親愛なるユーミンへ。

ご無沙汰《ぶさた》しました。お元気ですか？

私は今、竹の下、くらい。

この前、ユーミンが言ったんです。

「ユーミン、元気ですか？」と聞いたら、

「松の下、くらい」って。

松竹梅、の、松の下。

ユーミンは、いつも電話すると、今にも笑いだしそうな感じの声で、喋《しゃべ》ってくれるので好きです。でも、これは、ライヴのMCの時も、ラジオで喋る時も、ライヴのバックステージの時も、誰かと対談している時も、いつもそうです。

気づいてましたか？

だから、喋りやすいです。


私、何度こうして、ユーミンに手紙出したでしょうか？

ってそんな何度も書いてないか。

でも、ユーミンに手紙を書いてる時は、私、楽しいです。

今にも笑いだしそうな、笑顔に行く途中みたいな顔をして聞いてくれる、ユーミンが浮かぶから。


この前の電話は失礼しました。

逗子《ずし》マリーナのリハーサル前にかけた電話です。

私が、ユーミンに電話するのはいつも突然。どうにもこうにも、自分の中で収拾がつかなくなって、大ピンチ！　ってな時にかけます。

一度は、何のドラマを書いてる時か忘れたけど、パークハイアットに缶詰になっていて、ああ、もう一字も書けないって時に、電話して、ユーミンはスタッフの人たちとお好み焼き屋さんに行く途中で、切りたくない私は、とうとうユーミンがそのお店に入って、お好み焼きが目の前に出て来るまで、喋り続けました。

覚えてます？

私が何かあると、ユーミンに電話するのは、たぶん、ユーミンが誰よりも正しく、私の思うことを受け取って、そして自分がそれについて思うことを返してくれるからです。

そんなに仲良くさせてもらってるわけじゃないのに、不思議なことだけど。

時には、少女のように、時には近所の噂好きのオバサンのように七変化で私の話を聞く、ユーミンが私は好きです。

くるくる立ち位置が変わる。

ちょっとやさしく時々いじわるく、真摯《しんし》な気持ちの部分にはちゃんと真摯な言葉を返して来るユーミン。

たぶん、ものすごくスピードが速いんですね。

物事の把握のスピード。自分の心の中のどこに落とすか、というスピード。

そして、的確。

すぐに合うラジオのチューニングみたいな感じ。どんな波動にもすぐ合わせられる。

私が、「こう」と思ってる部分に、すぐチューニングを合わせてくれて、ちゃんと私が思ったままが、ユーミンに届く。そんな感じです。

私なんかの、やみくもにかかってくる電話にさえも、こうなんだから、きっと、ユーミンはすべての物に、すべての出来事に、すごく正しく響いていけるんだろうな、と思います。（それはそれでちょっと、疲れそうだけど）

私がユーミンの歌に感動するのは、たぶん、こういうところじゃないかと思います。

たくさんの歌姫が出て来て、でも、誰もポスト・ユーミンになれないのは、ユーミンにたどり着けないのは、ユーミンが持ってる独特な、特異な才能のせいだと思う。

クリエーターって、自分の気持ちを表現する、自分ワールドを展開するっていう意味では、ある程度の人は、ある時期みんな水を得た魚のように成功できる、と思う。

そして、女の子の気持ちの代弁者、と言われたり、リアル、と言われたりする。

でも、それは、才能、というよりは、オリジナリティ、その人独特の物の見方、とか感じ方でしょ？

それをうまく紡いでいけば、その人のワールドは展開されて、それを好きな人たちがそれを支持する。

もちろん、ユーミンもそうだけど。

でも、私が気がついたユーミンの本当のすごさって、ちょっと違うところです。

さっきの電話の話につながってくんだけど、ユーミンの曲、詩って、いきなり対象物に近づいたり、離れたりする。気持ちを歌ってたかと思うと、急に風景を歌ったり。すごく主観的だと思うと、急に俯瞰《ふかん》でクールに見たりする。

自由自在。縦横無尽。世界の把握の仕方が自由自在なんです。近づいたり離れたり、気持ちに寄ったり、風景に寄ったり。自分の気持ちに焦点当てたかと思うと、相手の気持ちになったり、神の視点になったり。

時間軸で考えても、その時、その時点、その瞬間にいると思うと、それよりずっと以前に戻ったり、ずっと行き過ぎた先から振り返る。

接写したと思うと、すごい引きになってたり。

このスピードはすごい。そして、聞くものを感情の渦に巻き込んでいく。だから、どんな曲を聞くよりも切なく悲しくなる。

自分の気持ちをえんえん歌われるのは、どんなにうまく表現されても、時として、うんざりすると思います。

もう、わかったよ。あなたの気持ちはって感じで。

でも、ユーミンの歌はそうではなく、引いたり寄ったり、引き寄せといて、パッと放したり。

他の人たちの曲が二次元の平面とすれば、三次元の立体を見せられた時のような驚きがあるんだと思う。

これは、実は計算じゃできなくて、DNAレベルの本能的な計算で、それを実は才能と呼ぶんだと思います。

さて、これ、うまく言えてるでしょうか？

この前、電話でユーミンに話してたことに関しては、結局、ダメになってしまいました。というか、ダメにしてしまいました。

北川さんは、プリンセスね、と言って笑ったユーミンだったのにね。

ねえねえ、いつもかわいいけど、わざとかわいいの？

と言ってくれたユーミンだったのにね。（わざとじゃありません、別に）

逗子マリーナでユーミンが歌った中に、プリンセスという言葉が出て来て、さっそくCD買って来て聞きました。「サンドキャッスル」という歌だった。

こうして、私は何かあるといつもユーミンの曲を流し、いい年しても青春が続く私としては、ユーミンの曲は永遠の、人生のBGMです。

美しい悪魔とお姫さま――桐島かれんさんのこと

かれんさん、こんにちは。お元気ですか？

　初めてかれんさんに会ったのは、ローリーこと弟さんであり写真家の桐島ローランドさんが主催した、スノッブなお茶会。それはそれは大がかりなもので、自分のスタジオに砂を敷きつめて、お茶室を作り、なんかフランス映画のセットみたいでしたよね。初対面の人ばかりで、ただただ緊張する私に、かれんさんは、なんというかざっくばらんな雰囲気で「よくやるわよねえ、ローリーも。私はとてもとても真似できないわ」と耳元で囁《ささや》き、おっ、なんか自分と空気が似てる、と思ったものでした。

　そして、かれんさんのお店の案内とお手紙をいただき、かれんさんのアンティークな素敵なお店と、私の住まいは、目と鼻の先で、行こう行こうと思っているうちに、時は過ぎ……。

再会は、近所の路上でした。

ハロウィンの日。私は、娘と娘の友達、その母親たちと「Trick or treat!」(※)と言い、近所を回り、かれんさんはかれんさんで、お子さんとその友達とお母さん仲間で、「Trick or treat!」。

バリッと本気の悪魔の姿でした。かれんさん。美しくこわかった。

私は最近、思うんですが、同業者でもなんでも、男の人は、その人の職業や仕事と心中でもするか、という勢い。なんていうか、社会的立場、に支配される生き物。で、女の人はというと、何か職業を持っても、お勤めしていても、いつも、基本は、女の人なんですよね。妻であったり、母親、であったり、ただの女、であったり。

肩の力が抜けている、というか。女に生まれたんだから、まずは、それを楽しまなきゃね、という感じ。美しい悪魔の姿のかれんさんと、お姫さま姿のウチの娘を見て思った次第です。

今度、ゴハンでも食べませんか? ウチの兄とそちらの弟君《おとうとぎみ》、ローリーも誘って。きょうだい対決、です。ウチの兄は、御存知のように大学の先生ですが、あれはあれで、変です。期待してください。

北川悦吏子

桐島かれん　様

※Ｔｒｉｃｋ ｏｒ ｔｒｅａｔ！　トリック・オア・トリート！（お菓子をくれなきゃ、いたずらしちゃうぞ）。ハロウィンの決まり言葉。

仕事をする
〜ビューティフルライフ!!〜

初顔合わせ！

ドラマの顔合わせがあった。毎度のことだけど、ものすごく緊張する。役者スタッフみんな揃う。みんな緊張している。それが伝染して来て、相乗効果でもっともっと緊張する。脚本家から一言、というのがあってスピーチ（というほどの物でもないけど）をする。「ビューティフルライフ」というタイトルをつけた意図を話した。

ドラマに名前をつける、登場人物に名前をつける、自分の子供に名前をつける。名前をつけるっていうのは、なかなか愛のある作業だと私は思う。愛の要る作業というか。愛がないと、いい名前はつかない。だから、私、ドラマの登場人物の名前が浮かばない時などは、保育園の娘の同級生の名前を思い浮かべる。いわゆるシロウトさんが考えた名前だけど、両親が生まれたてのかわいい我が子のために一生懸命考えただけあって、必ずスワリがいい。女の子の場合は、嫁に行った時にも通用するような万能な名前を考える。らしい。

最近、知った。私は、そんなことおかまいなしに、娘には名前つけたけど。「ビューティフルライフ」というタイトルは、人生は素晴らしいという意味だ。直訳だけど。

たとえ、どんな人生であろうと人は自分の人生を素晴らしいと思う強さを持っている、というような。

さて、拓哉くんは、相変わらずかわいく素直で（私には、彼がいくらカッコつけようとそう映る）、常盤さんは美しく、レボレボは5分の遅刻。拓哉くんが、後ろから風に吹かれながら来るかな、と冗談を言っていたけど、すごいヤバイと思ったらしく真っ青な顔で飛び込んで来た。渡部さんは、あんまり出番ありませんが、がんばります、とか言った。あせった私は出番、あるよお。中盤から後半にかけて、と言った。動物占いコジカの池内くんもいい味出してた。私、マイペースの人って好きだ。おろおろあたふたするのは、相手より自分の方がいい。今だから、こうして淡々と書いてるが、すごく興奮して、すごく楽しくて、すごくドキドキした一日だった。

ジェットコースターに乗ったようなスリリングな一日。

そして、今日、12月11日。クランクイン。いよいよ撮影が始まった。私がこうして書いている間もロケ隊は撮っている。ひとり部屋でホンを書く私。現場でたくさんで絵にしていくみんな。孤独。そして、あっ、あのシーン直したい！　と思って電話しても、もうそこ撮ったよ、と言われるスリリングな時期に突入したわけだ。

行けるけど帰れない道

私の朝は意外と早い。子供を保育園に送っていくからだ。いくら流行《はや》りのドラマを書いていても、いくらキムタク（この言い方ってやっぱりあまり好きにはなれない）に仕事で会っていても、私の朝は保育園から始まる。

さて、今日、保育園にノンガを送ったあと、来た道で帰ってみよう、と思った。実は、いつも行く道と帰り道は違うのだ。行きは、まだ開拓したばかりの新しい道で行き、帰りは、前から使っている道で帰って来る。

今日は、その開拓したばかりの道、要は来た道を戻って帰ろうと思った。きまぐれで。するど、なんかすごく新鮮……っていうか、不思議だったのだ。

来た道なのに、戻る方向から見ると、全然違う道に見える。風景もぜんぜん違って見える。坂が多いせいかもしれないけど。あれ？　私が来た道は、こんな道だったっけ、と心もとなくなる。迷いそうになる。

で、ふとこんなことを考えた。これは、人生と似てるかもしれない。人生において起きる出来事って、その出来事が今まさに起きている最中と、後から、出来事を思い返す時と、まるで風景が違って見えるんじゃないだろうか。

ああ……あの時は、こう思っていたけれど、実はあれはこういうことだったんでは……と思うことって意外と多い。

そして、過去の出来事って戻り道のように心もとない。ホントにこういう出来事だったろうか、私の記憶が間違ってんじゃないだろうかって思う。

それは後から振り返るからだ。

前から見てると、これからの道だからイケイケどんどんで、目的地を思う勢いだけで流れて行くから。振り返らないと見えないことってたくさんある。

そして、どっちが本当かってことはきっと言えない。

というようなことを考えて、朝から哲学しながら、帰って来たら、本当に道に迷った。もう二度と、その道では帰らない、と思った。行けるけど、帰れない道。方向音痴の私には、そういうことってたまにある。ここから、また何か人生訓的な哲学を導こうとしているかと思われたかもしれないが、それは別にない。

迷ってとうとう知らない道に出た時、どこかのロケ隊に出くわした。スッピン、髪ボサボサ起きたばっかりの私は、誰か知り合いに会ってはいけない、とスススッと通り抜けた。浅野忠信さんがいたようだった。(ちゃんと芸能人をチェックする自分が悲しい)きっと「ビューティフルライフ」の常盤さんなども、こんな朝からバリバリメイクでもう撮影してんだろうな……なんて思った。

どんどん壊れていく私

ちょっと前の号のエッセイで、保育園に娘を送って行ってから、私の一日が始まる、というようなコーヒーのコマーシャルのような（?）エッセイを書いたが、あっという間にそんなのは崩壊した。本が中盤以降にさしかかって、とてもとてもそんな時間的余裕も精神的余裕もなくなった。夜中にパッと目が覚めると、そのままドラマのことを考え出してしまい、朝まで眠れない。神経もいつもピリピリしていて、人のいたずらに長い話に寛大になれない。「いったい何が言いたいの?」とすぐ言いそうになってしまう。

出演者の人たちとメールをしているのだが、フツー、いい歳の脚本家というモノは、あなたのあの演技、どうだったわ、素敵よ、がんばってね（誰だ? そんな脚本家いるのか?）とか、大人の余裕で言いそうなもんだが、私は「もうダメ! 書けない」とか、グチっている。もうオープンマインドというか、何というか、歯止めがきかなくなっている。

誰も止められない。放し飼い状態だ。

心の沸点は低く、すぐ泣けて来る。きのう出したメールの内容は次の日には忘れている。勢いで、バーッと打って出して忘れる。タクヤくんは、律儀なので必ず返事をくれるが、常盤さんはペガサス（動物占い）なので、めったにくれない。でも、私もペガサスなので、忘れる。常盤さんから電話が入ってても、忙しくてテンパってると、ま、いいかっ、とぶっちぎる。なので、ちょうどいい感じのつきあいである。彼女とは。食事だって行こう行こうと言いつつ、ぜんぜん行きゃあしない。芸能界ってそんなもんだ。

で、なんとなく、うすうす気がついてたのだが、みんな大変である。ものすごーく、テンパっている。それぞれのパートで、自分がどうしたらいいか？　どう演じたらいいか？　どう撮ったらいいか？　とてもとても考えている。

ドラマが当たって、山のように取材を受けたが、私はすぐに疲れた。必ず聞かれる。「どうして当たったと思いますか？」考える。脳味噌《のうみそ》がもったいない。だって、どうして当たったか、考えたって、何にもいいことないんだもん。それより、9話を。それよりこれからの柊二を、杏子を、出てくるみんなを、どうするか考えなきゃ。

考えなきゃ、考えなきゃ、考えなきゃ。書かなきゃ、書かなきゃ、書かなきゃ。いい本、書かなきゃ。納得いく本、書かなきゃ。ロケ、減らさなきゃ。（これは、嘘。もうこんな

こと考える余裕もぜんぜんない）

体力と精神力との戦いの毎日です。そして、私はストレスで書いてる間じゅう何かを食べつづけ、今や、デブ♡

なんか冴えない毎日

月曜日の朝、TBSの編成から電話をもらった。視聴率がまた上がって、30パーセントを超したのだという。私は、電話口で「やったー！」と手を振り上げて喜んだ。すると、ダー（ダンナです）が起きて来て「よかったね。ところでこの子はどうするの？」と言った。この子とは娘のことだ。もう9時半でとっくに、保育園の始まる時刻は過ぎている。私は寝坊した。

仕方なく、「風邪気味なので病院行ってから行きます」と保育園にウソの電話を入れてから、ノンガを送って行った。送って行って、帰って来ると、もうお昼近くになっていた。うーん、私、30パーセント取ったんだよなあ……と思い、出社して来た秘書さんに「ねえねえ、また30超えたんだって」と言うと、彼女は「わあっ！　すごいですね」と言ったが、その会話は5秒くらいで終わり、彼女はサッサカサッサカと、経理の仕事を始めた。私は、仕事部屋に籠《こ》もる。夕方近くに、TBSからお花が届いて、やっとそれで、うーん、やっぱり高視聴率だったんだ……と納得したが、それ以外はいつもと一緒だ。もしかしたら、TBSの人が私を喜ばせて早く原稿を書かせようと、電話口でウソを言ったんじゃないか、などと思う。

ドラマ執筆中は、社会と分断されて生きているので、ぜんぜんヒットの実感がないのである。

次の日、緑山スタジオに行った。

赤い絨毯《じゅうたん》はしいてなかった。サッサと溜《た》まっている取材を受ける。

新聞の取材で愛について語ってるうちに、頭が変になって来た。私、何言ってんだろ……。そして、夕御飯は緑山の中のレストランで超レアな焼き加減のお肉を食べた。打ち合わせは夜遅くまで続き、またしても私は、プロデューサーの植田さんにスタッフ常備食の「赤いきつね」と味噌味のラーメンをもらった（いつも、カップラーメンをもらう）。そして、帰って来て夜中に、食べた。

次の日になったら、急に風邪がひどくなっていた。タクヤくんと常盤さんに教えてもらった、超スーパーカリスマなお医者さんに行くことにした。六本木にあって、なんでも一発で治るらしい。

ヨレヨレで行ったのに、ホントに一発で治ってびっくりした。

ニンニク注射といって、1本にニンニクが50個入っているというぶっとい大きい注射を2本された。打たれてる最中に、体じゅうから、ニンニクの匂いが立ちのぼって来たのには、驚いた。復活した私は『ケイゾク』の試写を見に行き、一緒に行った友人に、無理やり高視聴率のお祝いをしてもらった。それは、どういうのかというと、ごちそうは自分がするのだが、最初のビールの乾杯の時に一言、「おめでとう」と言ってもらうのである。気が済んだ。

ビューティフルライフ　フィーチャリング　植田！

打ち合わせをしていたら、またこんなことになってしまった。どんなことかと言うと「こんなひどいことを杏子は言わない」という意見が出たのだ。毎度のことだ。私が本を書くようになってから、必ず、各ドラマに3回くらい、こういうことがおこる。こんなひどいことは言わない、とかやらない、とかいうやつだ。プロデューサーに言われることもあれば、ディレクターに言われることもあり、役者さんに言われることもある。その度に私は、思う。「でも、私は言う。私には日常。私的《ワタシテキ》には、オッケー」。たとえば、ＢＬでは（これが公の略語なそうなので…）。

（杏子）「さっき電話したんですけど」

（柊二）「ああ」

（杏子）「なんで電源切ってあるの？」

(柊二)「ちょっと人と会ってたから」
(杏子)「人って誰？」
(柊二)「誰でもいいだろ」
(杏子)「女でしょ」

これ、キツイ？　プロデューサー植田さんが、こんなヤな女はヤだ、と言うので直すことにした。

帰って来て、ダーに聞いてみた。こんな、女ってキライ？

キライっていうか何ていうか、あなたそのもの。僕にしてみればこの地獄の責め苦の繰り返し、これぞ、北川ワールド、と言われた。

そういえば、そうだった。彼は、「ロンバケ」も頭、30分見て、「あなたのことを見ているようで、気持ち悪い」と言って、テレビを切ってしまった。

「そうそう、だいたいあなたは……」とダーは、昔の悪事をあげつらうのだった。お腹が痛いと言って、夜中の2時に電話して来て、横浜から人を呼ぼうとする（その頃、彼は横浜に住んでいた。やっぱ、恋人だったら、来るのが当たり前だと思っていた）、こわい夢を見た、と言って、夜明けに電話をして人を叩《たた》き起こす、眠れなくて淋《さび》しい、と言って大雪の夜中に人を呼びつけておいて、タイヤにチェーンつけて家にたどりつくと、鍵《かぎ》をかけて、ご丁寧にドアチェーンまでかけて、自分は寝ている（これ、全て、相手は違う）。そういう所を、ちゃんと正してもらった方がいいよ、今からでも、ということだった。いや、もうそんなことしないって。年も年だし……。っていうか、結婚してるよ。子供いるよ。しかし、今回は、敬愛するプロデューサー植田さんの意見に従って直した。自分でだけ納得のいく本を書けばいい、って言うんだったら、やっぱり小説書くよ、と思う。植田さんは、私には思いつかないようなアイデアを時々、出してくる。ギブ&テイク。そして＋αが生まれていく。それが、ドラマ＝共同作業、のいいところだと思う。

ところで「仕事と私とどっちが大事なの？」というセリフも切りましたが、私は言う。この間言った。ダーに言った。「どっちもどうでもいい」と言われた……。

しーちゃんのこと

しーちゃんは、私が「ビューティフルライフ」を書き始めてから知り合った人で、車イスに乗っている。病気のせいで、時々、頭の中がピンクになっちゃうんだそうだ。「それって、きれい？……て問題じゃないか…」とメールに打ったら、頭の中がピンクなことを告白して、びっくりしなかったのは、おかかさんと精神科のお医者さんくらいだよ、と返事が来た。

おかか、というのは私のいわゆるハンドルネームで、実は私は彼女に直接会ったことがない。

インターネットの、ある掲示板で知り合って、その後はメールのやりとりをしている。

車イスのことも色々聞いた。

「ビューティフルライフ」の2話で出てくる「好きな人と並んで歩きたい」というセリフ

は、ある時、彼女がメールに打ったものだった。押してもらうだけじゃなくて、並んで歩きたい、みたいなことが打ってあった。

その時、ちょっと感動したので、とっておいて、杏子のセリフにした。もちろん承諾を得て。途中で告白したのだ。私は実は「おかか」ではなくて、「北川悦吏子」といいます。ドラマを書いています。それでも今までのようにメールを交換してくれますか？　そしてドラマに協力してくれますか？

とメールを打つと、「協力するけど、北川悦吏子って知らない」と返って来た。けっこう、勇気のいる告白だったので（本名を言ったらもうつきあってもらえないかも、と思った）、実は意外にショックだった。そうか……。こんなにがんばって来たのに、私のこと知らない人がいるのか……。（当たり前なのか……）

そして、私としーちゃんのメールのやりとりが始まり、それは今も続いている。

しーちゃんは、北川悦吏子を知らなかったことを、申し訳ながり、ともだちに聞いたら知ってたよ、というメールが、その後続いて3通くらい来た。逆に気を遣わせてしまった。でも私たちのつきあいは、ぜんぜん変わらなかった。

赤い靴を履きたいと思う？　ってことも聞いた。赤い靴が好きだ、と彼女は答えた。質問するたびに、ドキドキした。もしかしたら、無神経な質問で傷つけてるんじゃないか。そいで、もうこんなにドキドキするなら、質問するのをやめよう、とか傷つけてしまう前に、メール打つのをやめようか、とも思った。

でも、ある日彼女が、打って来たメールに、おかかさんは、私の窓なんだ。その窓から、今まで見えなかったいろんな風景が見える、いろんな風が吹いて来る、というようなことが書いてあった。

私は、少々傷つけあっても、彼女とつきあいを続けたいと思った。

生と死

たくさんの人から、インターネットなどでメッセージをいただいた。杏子を死なせないでくれ、と。

ハッピーエンドにしてくれ、と。「ビューティフルライフ」がハッピーエンドかアンハッピーエンドかは、私にはわからない。もう、そういう次元で物語書いてないから。

お便りの中に、現実はつらく悲しいから物語くらいはしあわせにしてください、というのも多い。

でも、私は思うんだ。病気だったり、死んでいったりするのは、やっぱりもうどうしようもなく不幸なことなんでしょうか？

それは、もう救いようのないことなんでしょうか。友達が若くして死にました。だから、ドラマくらいは病気が治って、杏子に歩いて欲しい。

ねえ。それって、病気が治って歩くことがハッピーだとしたら、現実に病気が治らず、車椅子のままの人はどうやって生きていったらいいんでしょう。

私は不幸だ不幸だ、と思いながら死を迎えるんですか？

私は、そうではない話が書きたかった。どんな人生でも、人は生ききる力を持っていると、信じたかったんです。

若くして死ぬのは不幸だと言うけど、じゃあ、歳とれば不幸じゃないかというと、そうでもないと私は思う。友人のおばあさんがもう80で、いっぱい管をつけて延命治療を受けていて、家族がもう楽にしてやってください、と医者に言ったら、おばあさんが、「もっと生きたい。死ぬのはいやだ」と言った、という話を昔、聞いた。

私は、思うけど、やっぱりいくつになっても死ぬのはこわいんじゃないでしょうか？　神様がそういうふうに（人間を）つくってる、と思う。（これは、「最後の恋」で書いたセリフだけど）

私は、体が思うように動かなくても、死が間近に忍び寄っても、すばらしい人生を実感する瞬間はあると信じたかった。神様が本能として人間にインプットした以上、死んでくのや苦しみはつらいけれど、それに打ち勝つものを、人は持っていると信じたかったんです。そして、どんな状況にある人も救いたかったし、私自身救われたかった。

それは実は、宗教の仕事かもしれないけど、そうじゃなくて。自分で。自力で救われたい。

最終回は、ホテルに缶詰めになりスピッツのベストアルバムをずっと聞きながら書いていた。

「愛はコンビニでも買えるけれど、もう少し探そうよ」という名フレーズのある「運命の人」という曲の中の、「自力で見つけよう、神様～♪」というサビが好きでした。ちなみに2番は「ふたりで見つけよう、神様～♪」です。

休む

ラクに生きる、ということ

私は、人に褒められるとうれしくて、ついついがんばってきた。ドラマを書いても視聴率取れたり、そうでなくても、デキがいいといろんな人に褒められて、やっぱりがんばっちゃって来た。ドラマ書いてない時に「今度はいつ書くんですか?」と聞かれると、さぼってるような気がして、気持ちがキュウキュウした。

ある時、ふっと横を見ると、まるで人の評価なんか気にしないで、とてもマイペースに生きてる人がいて、心洗われる思いがした。あんな風にできたら、楽だなー、と思うんだけど、なかなか、すっかりそうはできない。過不足なく、バランスよく、というのが難しい。

そして、私の編み出した作戦。MUST TO DOと書いて、冷蔵庫の前に貼る。その日にやるべきことを上から順にやっていく。これを心の中でもやりだした。これやって、あれやって、これやる。完璧《かんぺき》。しかし、これが高じるとなんというか、ものすごく自己完結型な人間になってしまうのである。私はあれやってこれやってあれやった。充分。結果はどうなるか知らないけど、やるべきことはやったんだ、これで充分。あとは知らない。ちゃんとレシピ通りにゴハン作ったんだから、それ、美味《おい》しいかどうかなんて関係ない。とか、自分の理想体重保ってるんだから、それを見て人が痩《や》せすぎ、とか太ってるとか、どう思おうと関係ない、という感じ。仕事にしてもしかり。自分で100点つけたらそれでいい、みたいな。忙しすぎたのかなんなのか、そんなやさぐれた気分になっていた去年の暮れに、このグラッフィア編集部から一通のお手紙をいただいた。「心をラクにする秘訣《ひけつ》」で、エッセイを書いてください、というもの。そんなのこっちが教えてほしいよ、とツッコミを入れながら読み進めて行くと、その人は私の本、『生きるのに必要な、29のこと。』を読んでいたく感動してくれてて、ぜひ、北川さんにこのエッセイを頼みたいんだ、と書いてあった。『生きるのに必要な、29のこと。』はいわゆる「生き方本」で正直言うと、あんまり売れなかった。一生懸命、書いたし、デキもよかったのにあんまり売れなかった。やはりドラマのノベライズとか恋愛テーマな本じゃないと私はダメなのかなあ……と少し落ち込んだりもしていた。でも、そのエッセイの依頼の文章はとてもとてもていねいに、その私の本に救われた、ということが書いてあって、たとえば——年末進行のさなかに忙しくてイライラして仕事でミスをし、そのせいで人間関係もこじれて、自己嫌悪にはまっていた……そんな時にこの本を読んで心に効きました、と書いてあった。ああ、みんな大変なんだなあ、と私はまるで知らないその人のことを思った。そしてその手紙には、女性誌では「もっと痩せよう」「綺麗《きれい》になろう」「資格をとろう」「流行のバッグを持とう」と特集をこれでもかこれでもかと組み、頑張れ頑張れの洪水……。これを読者が全部実現していたら、疲れてしまうと思います、と書かれていた。私は、見も知らないこの人に好感を持ち、この仕事を受けることにした。グラッィアってちゃんとした人によって作られてる雑誌だなー、と思ったんです。そして、この人が私の本を大切に読んでくれたことを知って、自分の仕事も、売れる売れないに拘《かかわ》らず、伝わる人には伝わっているのかもしれない、と思い、自分の中だけで点数つけて完結するのはやめよう、と思いました。

信じる気になったんですね。見えない部分を。

女の人って大変だと思う。いくつになっても「女の人」って役割を捨てられないから。でも、女性誌やテレビでいくらステキな働く女性の、ステキな奥さんのカタログを見せられても、それはそれ、というもの。たまには、全国お取り寄せ美味しいオヤツ、じゃなくてコンビニのいちごポッキー食べようよ。5年前のブーツ、いいやって気持ちで履こうよ（そういう場合は大丈夫、大丈夫、イケてる、イケてる、と自分で自分に暗示をかける）。

お風呂《ふろ》にある体重計の針をマイナス1キロくらいのところに合わせておいて、忘れたふりしようよ。それより、その先を信じて、人を信じて、ニッコリ笑ってみると、その方が世界は輝くかも。ということで、お互い、時々、ズルしたり休んだりしながら、またがんばりましょう、ね！　気楽に、気楽に。

アイロンにはまる

も少し前までは、自分がどうなるか、どうなりたいかってことばっかり考えていたような気がする。

人から見たらどう見えるか、とか。

たとえば、ドラマを書く時は、視聴率、取れるか？　とか。

いつも鏡持って自分を確認してないと気がすまない、みたいな（これ、現実的な鏡、という意味じゃなくて、精神的に、という意味です）。

もちろん、今も、そういうことをぜんぜん考えないわけじゃないけど、前に比べれば、ずいぶんと、そういうことから自由になった気がする。女の人は、ある程度の年齢になったら、自分の速度、自分の生活の仕方、を見つけるといいと思う。マイペース、マイライフ、そして自分なりのここちよさ。

女の子、から、女の人、と呼ばれるような年齢になる頃からかな。

小さなことから見つけたらいいと思う。

自分が、何を気持ちいいと思うか？　ここちいいと思うか。

ちなみに、私が最近、うーん、今のこの感じ、いいかも。しあわせ、と思ったのは、水曜日の昼下がりに、スガシカオくんを聞きながら、アイロンをかけていた時でした。

ところで、私のアイロンデビューは遅い。ダンナ様のワイシャツは、クリーニング、シーツもクリーニング、自分の洋服もほとんど、ドライクリーニング。

しかし、ほんの3か月前。ちょっとアイロンをかけ始めたら、ハマった。シワシワがすっきり伸びて行くのが、気持ちいい。座ってできるのも、不精な私にはありがたい。

こういうのって、人によって違うんでしょうね？　洗濯が好きって人もいるもんね。

スガシカオのことも、ぜんぜん知らなかった。もちろん、名前は知ってたけど。

自分がパーソナリティをやっている番組に彼がゲストで来たのが、きっかけで、アルバムを聞いた。そしたら、よかった。

水曜日の昼下がりにアイロンをかけながら聞くのにぴったりだったわけだ（なんか、褒めてるように思えないけど、褒めてます）。

そういえば、私の友達はB'zのベスト盤2枚、「Pleasure」と「Treasure」は大掃除にぴったり。どんどん掃除がはかどる、と言っていた。それはそれで、彼女の小さなしあわせかも。B'zがどう思うかは知らないけど。

ところで、私はその後、スガシカオさんと雑誌の対談で再会したけれど、彼のことをスガシカオくんなんて、呼ぶわけではない。まさかまさか。番組に来てくれた大切なゲスト。スガさんと呼ぶし、尊敬を持って、スガ様、くらい思っている。

でも、ふざけてこういう場では（本人が絶対見そうにない場所）スガシカオくん、なんて呼んでみる。そうすると、ほら、なんかおかしいでしょ？　ちょっと彼はシカオくんって感じだし。

この手の遊びをいろいろ見つける。ひっそりと内緒な私の楽しみです。

そういえば、私は彼が番組に来た時に「心に日が射す」という表現が歌詞の中にあって感動して、すごいねーすごいねーと褒めたんだけど、自分の昔の日記を読んでたら、まるっきり同じフレーズ発見。書いたことはすっかり忘れてた。これじゃ自分で自分を賞賛だ。ひとりで笑いました。でも、これもひっそりと自分ひとりで笑うだけ。このように、自分のエリアを持ってそこで心遊びできることが、ここちよさの秘訣では？　余裕もできるしね。

闇が育てるもの

小さい頃、こわいものがたくさんあった。

田舎のおばあちゃんの家に行くと、通りをはさんで向こうにあるお風呂《ふろ》は、薪《まき》をくべて沸かす五右衛門《ごえもん》風呂で、浮かんでいる板を静かに踏み沈めて入る。床板を踏み外せば最後、大火傷《やけど》してしまうんだろうな……と、思っていた。（本当はどうだか知らない）

夜の闇もこわかった。夜中の三時に起きてトイレに行くと、その帰り道の長い廊下は、闇に呑《の》み込まれていて、いそいで部屋に戻って布団にもぐり込んだ。

大人になるにつれ、日本の国が豊かになった証《あかし》なのか、お父さんの給料があがったのか、生活から闇が消えていった。

今はきっと小学校で、学校の西便所（もちろん、くみ取り式）に出る赤い手と青い手のオバケの話も流行《はや》らないだろう。

光に満ちた合理的な快適な住まいと環境の中で、私たちは、こわかったけど本当は少しわくわくしたあの感覚や、小さな冒険を失くしていった。

合理的には、何の役にもたたない闇が育てるものだって、実はあるんだ、と思う。

木漏れ日と自転車

ユーミンの曲で、「卒業写真」というのがある。この曲を聞く度に、私は岐阜の美濃加《みのか》茂《も》のある風景を思いだす。

高校の時、私は自転車通学だった。加茂高校から家に帰るまでの間に、山の上の方から駆け降りてくる長い長い坂があった。

そこを私はともだちと一緒に自転車のブレーキをかけないで、風を切って下るのが、とても好きだった。

道の両脇に木が生えていて、夏は強い日差しから私たちをやさしく遮ってくれた。きらきらと零《こぼ》れる木漏れ日も好きだった。

余談だけど、木漏れ日というのは、自転車の速度で見るのが一番綺麗《きれい》だと思う。歩きだと遅すぎるし、走ると上下に揺れて今一つ綺麗じゃない。

「話しかけるように、ゆれる柳の下を通った道さえ、今はもう、電車から見るだけ」というのが、ユーミンの歌詞だ。あの木が柳だったとは思えないけど、あの通学路は、電車からも見えて、この曲を聞く度に私は、あの風景を思い浮かべることができた。

長い年月を経て、私も変わっただろうし、あのあたりも変わったのかもしれない。最近、行ってないからわからない。それでも、あの風景は私の心の中で、永遠に息づいている。

桜の木の下

渋滞の夜を車は走っていた。

車種は……ベンツだったかな……、車にうとい私は何度聞いても忘れてしまう。だけど、きっと局のプロデューサーが乗るんだから高いのだろう。

とにかく、私とフジテレビのプロデューサーは、池袋の東京芸術劇場に芝居を見にいくために、車を走らせていた。

見覚えのある道だということに気がついた。

「あ、早稲田《わせだ》……」

「そうだよ、北川が喜ぶと思って」

とプロデューサーは言った。

「また、そういう調子のいいことを口からでまかせで」

「でまかせじゃないよ、そういうつもりでこっち通ったんだよ」

とフジテレビのプロデューサー……めんどくさいので、本名を書くと、亀山さんは言った。私は早稲田大学に通っていて、そして早稲田に住んでいたので、懐かしいのだ。久しぶりだった。それでも街はずいぶん、変わっていた。

私は、文学部だったのだが、講義によっては本部であるものもあった。早稲田の本部は、政経とか法学部とかだから男の人ばかりだった。

2限から3限の間のお昼休みは、まるで朝のラッシュ時の新宿駅のように混んでいて、歩くのがやっとだった。いくら素敵な人を見つけたとしても、もう一度彼に巡り合えるというのは奇跡に近い。


そんな大学も、夜になると人が減って、ひっそりとして来る。

私は大学の正門のすぐ近くのアパートに住んでいた。

四畳半一間の、申し訳程度に窓がある、狭くて暑くて管理人のオバサンとオバサンの抱く小型犬のうるさい下宿だった。

その頃つきあっていた二学年年上の彼は、大学の西門の向こうの、やはりアパートに住んでいた。六畳だったけど。

私は、大学の授業が終わると一旦《いったん》自分のアパートに戻って、夕方から夜近くに、彼のアパートに出掛けて行った。

大学を抜けて行くのが、一番近いので大学を抜けて行った。

門はいつまでも開いていた。

正門から入って、西門に抜ける。

ほぼ、大学を縦断してつっきる形になる。

演劇博物館の近くに、生協があった。

生協の前は、丁度坂になっていて、石段になっていた。

そのすぐ脇に、桜の木があった。

いつも、そこで私は桜を見上げた。

行き交う人もまばらなので。

夜桜がきれいだった。

ほっと私の心はいつも和んだ。

それで、その心の通りに微笑んだりもした。

行き交う人もまばらなので。

夜だし、ニマニマしてたって誰も気づかない。

彼のアパートにつくと、彼はいつも必ず難しい本を読んでいた。私なんか待ってないよ、というデモンストレーションだった。ホントは待ってたくせに……多分。二つ年上なので、大人ぶっているのだ。

あんまり笑わない人だったが、その彼が嬉《うれ》しそうにしてくれるのが、私は嬉しかった。

あの時は、二つも上の彼はとても大人に思ったけど、今思えば21か……。

ある日、いつものように彼の家に行くと、彼は私の髪についたモノを注意深く取った。

ほら。

彼の長い綺麗《きれい》な指の間には、桜の花びらがあった。

今までなんとなく誰にも言わないで来たこの話を、10年たった今、早稲田通りを走り抜けながら、私は亀山さんに話した。

亀山さんは、へえ……、と言った。

そして、亀山さんも早稲田出身なので、髪を切るのに失敗した女子大の彼女が、ボロボロ泣きながら、早稲田の政経の教室まで、突然、自分に会いに来た時の話を私にした。

そんな話が終わる頃、車は渋滞を走り抜け、もうすっかり早稲田を出ていた。

ダイヤモンドの涙

ダイヤモンドが、好きだ。

私が初めてダイヤモンドをもらったのは、ある年のクリスマスイブだった。彼とドライブデートしている最中に私は、いきなり東京に戻ることになった。仕事が入ったのだ。といっても、どうしても行かなくてはならない仕事、というのではなく、業界の内輪のクリスマスパーティー。

その頃、私はまだ脚本家デビューしていなくて、でも、脚本家になりたくてたまらなくて、どんな小さなツテでもいいから欲しかった。

留守電に、同じように脚本家を目指す女の子からメッセージが入っていて、そのパーティーの誘いだった。

そこには、売れっ子のプロデューサーも来るという。

私は、恋人を振り切って、東京に帰ることにした。

「ねえ、そのダッシュボード、開けてみて」と帰る途中の車の中で彼に言われて、開けると、小さなリボンのついた箱が出てきた。プチダイヤのペンダントだった。

業界のクリスマスパーティーはとてもくだらなくて、下品で泣きたくなった。王様ゲームとか。

売れっ子で、エラいプロデューサーはいたけれど、私は、途中からどうしてもそこにいたくなくって、帰ってしまった。そのとき雨が降っていて、夜更け過ぎに雪に変わるかなあ、なんて山下達郎を聞きながらみんな言ってたけど、雨は雨のままだった。

寒々とした、みぞれの中を私は帰った。

そんなみすぼらしい気分と、姑息《こそく》な思いで恋人をぶっちぎってくだらないパーティーに出た自己嫌悪を吸ってあまりあるほど、可憐《かれん》にそのプチダイヤは輝いていた。

私が2度目にダイヤモンドをもらったのは、まさしく婚約指輪だった。

キラキラと美しい婚約指輪のダイヤ。

私はそれを、左手の薬指から外し、右手のてのひらでグッと握りしめて、ウンウン唸《うな》って寝ていた。2度目の連続ドラマの制作発表で緊張のあまり、お腹が痛くなってしまったのだ。控室に、お布団をしいてもらって、私は横になっていた。

彼にもらった婚約指輪、はその頃の私のお守りだったので、右手で握りしめる。私の汗ばんだてのひらの中で、私の腹痛をよそに、燦々《さんさん》とそのダイヤは輝いていた。きっと。

3度目の、ダイヤモンドは、子供を産んだときに、その婚約指輪を買ってくれた彼が、要するには今の夫が、ごくろうさま、の意味を込めて買ってくれた。妊娠、出産も決して楽ではなかった。でもそのダイヤのクロスは赤ちゃんの笑み、みたいに、無垢《むく》に輝いていた。

ダイヤモンドって、無色透明。純真で可憐で、そして毅然《きぜん》としてる。

だから、少し悲しい。戦ってる女の人を思う。

そういえば、ずっと泣かないで泣かないで耐えていた、世にも美しいお姫さまが、初めてこぼした美しい涙が、ダイヤモンドに変わるっていう話を、昔、考えたなあ……。

ピンクの呪文

女の子は、生まれつきピンクと決まっている。デパートに行くと、赤ちゃんの産着。女の子は淡いピンクで、男の子は薄いブルー。掛け布団も。枕カバーも。

大半の幼稚園児の女の子はこう言うはず。なんでもかんでも、ピンク。

「何色がいいの？」「ピンク！」

さて、物心ついて来ると、これがピンク派と、アンチピンク派に分かれて行くような気がする。セルフイメージが見えてくるんでしょうか？

かくいう私もピンクから遠ざかる。

無難なのは黒。お洒落《しゃれ》だし、スタイル良く見えるし。ピンクは、太ったら絶対に無理！より太って見える。

でも、しかし。ここぞ、という場面を思い出すと、ピンクの服が浮かぶ。思い出す。そう。私は、あの時、確かにピンクを着ていた。

それは、私が、憧《あこが》れの人と食事することになった時のこと。たまたま、仕事を一緒にやって、そして初めての食事。私にとっては、仕事をするまで、彼は雲の上の人だった。私はただの一ファンだったのだ。マジで。ドキドキする。

ドキドキして、つい、ピンクを着てしまった。

カメラマンに共通の友人がいて、三人で会うはずだったわけだが、カメラマンの共通の友人は遅れて来た。

私たちは、ツーショットになってしまった。ものすごく、心臓がバクバクした。だって、それまでは、何万人といる会場の向こうのステージの上に、見てた人である。もう完璧《かんぺき》、掌《てのひら》サイズで見てた人が、自分の目の前に、フッーにいる。少し離れたところに置いてあるコートハンガーには私の起毛の皮のコートと（これは黒でした）、彼の革ジャンが並べてかけてある。あり得なーいっ。

でも、まあ。そこは、ワインバーだったので、とりあえず、一杯飲んでましょうってことになり、乾杯をしたら、あなた。ワイングラスを持つ手が、あからさまに震えているのである。私の。うわっと思った。

手って緊張すると、本当にこんなにも震えるんだ。私は、ワイングラスを口に運ぶことができなかった。震えているのが、ばれるから。あまりに……あまりにカッコ悪いではないか。

すると、彼が信じられないことを言った。ホント、かわいらしいですよね、とかなんとか。私のことを。そしたら、あなた！　今度はバシャッとテーブルの上のワイングラスを倒してしまいました、私。

急いでおしぼりをもらって拭《ふ》いてレストルームで染み抜きしました。

だけど。あれはピンクの服だから、起こった出来事。たとえば、黒のシャネルスーツだったら、カッコ悪くてサマにならなくて仕方ないと思う。

ピンクは、なんだか許される色です。

でも、その分、独特の気合が必要。

自分がピンクに同調しないと、着こなせないと思いませんか？　たとえば、ずっと税金の計算やってたら、着られなくなりそう。

ピンクの呪文《じゅもん》。ピンクは、オンナのコの味方です。そして、女の人はいつまでたっても、女の子だと私は思っているんですが、どうでしょう？

たまにはピンク、着ないとね。

あとがき

このエッセイ集は、今まで、いろんな雑誌などに書いたものを集めたもので、もう10年以上前、デビューしたての頃の話もあれば、つい先日の出来事、の話もあります。ちょっと、不思議な感じ。

時間のワープ率高くて、自分でこの文庫にするにあたって、加筆訂正をしようと読み返したのですが、昔の自分にはテンション高くて赤面し、今の自分には、なんだかちょっと枯れてない？ とツッこんでみたり、おかしかったです。

自分でおもしろがってどうするっ、て話ですが。

都内ホテルではパークハイアットが難なく一番人気だったり（今は、リッツカールトンもコンラッドもマンダリンもホテル乱立ですね）、読んでて、エッてなところもありますが、その時、書いた気持ちを大切にするためにも、そのままにしました。

けっこう昔の話も、多いかな…。

でも、あの頃の自分の勢いというか、バカさかげんというか、ある種、怖いもの知らずで、いい気になってる感じが、おかしくもあり、いっそ愛《いと》しくもあり、そのままにしました。

人間、いろんな時代を経て行くんですね。

自分の考えてることも、思うことも、変わって行くんですね。

それは、楽しくもあり、たまに淋《さび》しくもあり。

これから、私はどうなっていくんでしょう。

不安でもあり、楽しみでもあり…。

人生とはその繰り返し……なんて、最後は相田みつをみたいになってしまいましたが。

でも、単純に思いました。エッセイ書いといてよかったなあ、と。

だって、ほとんどのことを、覚えてません。

へえ、こんなことがあったんだ…と感心してみたり…。

かろうじて覚えてることも、エッセイに書いたからこそ、覚えてるってことがあるような。

書かなかったら、それっきり。

また、こんなエッセイ集が出せると面白いなあ、と思いました。

何年間かにわたるエッセイ集。

10代の頃の私や二十歳の私や、三十や四十の私が、ヒョコヒョコと顔を出す、エッセイ集。

でも、こうしてみると、人間ってなかなか成長というものはしないのかもしれませんね。

状況は変わっても、こうして右往左往しながら、今後も人生やっていきそうです。

みなさんはどうですか?

読んでくれて、どうもありがとう。

また、お会いできるの、楽しみにしてます。マジで。

2008年2月

北川　悦吏子

初出一覧

恋をする

アマチュアな恋愛が教えてくれたこと　「an・an」1996・8・23

ただのおともだちから始まる恋　「an・an」1996・11・22

「告白する瞬間」について　「Luci」

別れた男はみな太る　「Luci」

待つ時間を食べて女の人になっていく　中島みゆき「夜会」1993年パンフレット

さよならは悲しくなんかない　「SAYA」

短い恋、うたかたの夢　「an・an」2000・9・15

合法的ドライブ　「cut」

女から口説く、ということ　「an・an」1997・8・29

血液型と恋愛　「an・an」1997・2・21

ベッドの上で物を食べる　「an・an」1998・1・30

がんばれる?　「an・an」1997・10・24

タクシーの中　書き下ろし

いい恋って、何だろう　「an・an」2003・2・26

憧れる

1998年の大きなおともだち　「家の光」

置き去りにされた青春──永井さんのこと　『ぼくが医者をやめた理由つづき』永井明／角川文庫解説
『普通の人』──水丸さんのこと　『普通の人』安西水丸／朝日文庫解説
柴門さんのこと　『恋愛論』柴門ふみ／PHP文庫解説
私の好きな日本テレビの井上さん　「PHP」1992・11
拝啓　岩井俊二さま　お元気ですか？　『ラヴレター』岩井俊二／角川文庫解説
西川貴教さんのこと　「ザテレビジョン」
永遠の野性の少女、吉田美和さんのこと。　「uno」1997・2
拝啓、中山美穂さま。　「月刊ザテレビジョン」
親愛なるユーミンへ。　「地球音楽ライブラリー　松任谷由実」TOKYO　FM出版
美しい悪魔とお姫さま──桐島かれんさんのこと
萬坊・企画広告「贈る×手紙」～「週刊ポスト」2005・1・28

仕事をする　～ビューティフルライフ!!～
初顔合わせ！　「ザテレビジョン」2000・2
行けるけど帰れない道　「ザテレビジョン」2000・4
どんどん壊れていく私　「ザテレビジョン」2000・9
なんか冴えない毎日　「ザテレビジョン」2000・10
ビューティフルライフ　フィーチャリング　植田！　「ザテレビジョン」2000・7
しーちゃんのこと　「ザテレビジョン」2000・8
生と死　「ザテレビジョン」2000・12

休む
ラクに生きる、ということ　「Ｇｒａｚｉａ」２００５・５
アイロンにはまる　ワコール「感じるブラ」２００４年企画広告
闇が育てるもの　「岐阜新聞」１９９４・10・３
木漏れ日と自転車　「日本公園村」１９９６・10
桜の木の下　「月刊カドカワ」１９９６・５
ダイヤモンドの涙　「ＧＲＡＣＥ」２００７・４
ピンクの呪文　「きものサロン」２００７・春号

本書は二〇〇四年一月、小社より刊行された単行本
『恋愛指南書』に加筆・訂正し文庫化したものです。

恋《こい》に似《に》た気《き》分《ぶん》

北《きた》川《がわ》悦《え》吏《り》子《こ》

角川文庫 15024

JASRAC 出 080967-801

平成二十年二月二十五日 初版発行

発行者—井上伸一郎
発行所—株式会社角川書店
東京都千代田区富士見二—十三—三
電話・編集(〇三)三二三八—八五五五
〒一〇二—八〇七八
発売元—株式会社角川グループパブリッシング
東京都千代田区富士見二—十三—三
電話・営業(〇三)三二三八—八五二一
〒一〇二—八一七七
http://www.kadokawa.co.jp
印刷所—旭印刷 製本所—BBC
装幀者—杉浦康平

き 22-23 ISBN978-4-04-196624-2 C0195

角川文庫発刊に際して

角川源義

第二次世界大戦の敗北は、軍事力の敗北であった以上に、私たちの若い文化力の敗退であった。私たちの文化が戦争に対して如何に無力であり、単なるあだ花に過ぎなかったかを、私たちは身を以て体験し痛感した。西洋近代文化の摂取にとって、明治以後八十年の歳月は決して短かすぎたとは言えない。にもかかわらず、近代文化の伝統を確立し、自由な批判と柔軟な良識に富む文化層として自らを形成することに私たちは失敗して来た。そしてこれは、各層への文化の普及滲透を任務とする出版人の責任でもあった。

一九四五年以来、私たちは再び振出しに戻り、第一歩から踏み出すことを余儀なくされた。これは大きな不幸ではあるが、反面、これまでの混沌・未熟・歪曲の中にあった我が国の文化に秩序と確たる基礎を齎らすためには絶好の機会でもある。角川書店は、このような祖国の文化的危機にあたり、微力をも顧みず再建の礎石たるべき抱負と決意とをもって出発したが、ここに創立以来の念願を果すべく角川文庫を発刊する。これまで刊行されたあらゆる全集叢書文庫類の長所と短所とを検討し、古今東西の不朽の典籍を、良心的編集のもとに、廉価に、そして書架にふさわしい美本として、多くのひとびとに提供しようとする。しかし私たちは徒らに百科全書的な知識のジレッタントを作ることを目的とせず、あくまで祖国の文化に秩序と再建への道を示し、この文庫を角川書店の栄ある事業として、今後永久に継続発展せしめ、学芸と教養との殿堂として大成せんことを期したい。多くの読書子の愛情ある忠言と支持とによって、この希望と抱負とを完遂せしめられんことを願う。

一九四九年五月三日